ハヤカワ・ミステリ

DAY KEENE

危険がいっぱい

JOY HOUSE

デイ・キーン
松本依子訳

TOKYO
HAYAKAWA
BOOKS

A HAYAKAWA
POCKET MYSTERY BOOK

JOY HOUSE

by

DAY KEENE

1954

危険がいっぱい

装幀　勝呂　忠

登場人物

マーク・ハリス……………………………弁護士
マリア……………………………………マークの亡妻
キャス・アンジェロ……………………マリアの兄
メイ・ヒル………………………………未亡人
ハリー……………………………………メイの亡夫
アデル……………………………………メイのメイド
リンク・モーガン
ピティ・ホワイト
ジミー・マーティン
ロイ・ベラスコ
}……………………現金輸送車襲撃犯
ニールソン………………………………牧師

1

　吐き気に襲われて、わたしはしばしすわりこんだ。まだしらふではなかったものの、もう酔ってはいなかった。どうやら貧民街の救済院にいるらしい、と見当をつけた。せまい礼拝室は、男たちの汚れた体と安ウィスキー、そして死に絶えて久しい腐った夢のにおいがした。

　両手に顔をうずめて、何も考えまい、壇上でまくしたてている牧師の言葉に、耳を傾けまいとした。指のあいだからのぞき見ると、その太鼓腹の小男は、懐中時計の銀の鎖を腹の前に垂らし、腹の膨れた金魚のように濡れた瞳をしていた。

「みなさん、死とは幻想です」

　そしておまえは嘘つきだ、とわたしは思った。わたしはまた逃げだした。たとえそれが頭のなかだけにすぎなくても。死がどんなものかは知っている。死とは動かしようのない事実だ。死とは愛した女のことだ。死とは脚の長いブルネットと、十セント玉くらいの大きさのダイヤのことだ。わたしがやったそのダイヤは、左手の薬指にはめられていた。死とは、しなやかな肢体の曲線となめらかな白い肌のことだ。それらはすべて三千ドルのミンクのコートに収まっていたが、豊かな乳房の下の三つの小さな銃痕は隠せなかった。

　わたしは手を顔から放した。そこに浮浪者は四十人ばかりいただろうか。うつろな目。だらりとあけた口。ときおり太鼓腹の男を見ては体を掻いていた。

　わたしは隣にいる浮浪者に、ここはなんという街だと尋ねた。

　その男はわたしの顔に臭い息を吐きかけた。「おれをからかってんのか？」

「いいや」

「シカゴさ。ウエスト・マディソン通りのはずれだ。あんた、いいとこに来たぜ、そうだろ？」

「そうだな」わたしはうなずいた。「いいところだ」

わたしは救済院というものについてほとんど知らなかった。足を踏み入れたのもこれがはじめてだった。おそらく、われわれは救われたのち、何か食べさせてもらえるのだろう。あの北欧訛りの太鼓腹の男が早く話を終えてくれることを祈った。食事をとれば脚もしゃんとし、まだ頭のなかで暴れているウイスキーも消えるかもしれない。

わたしは隣の浮浪者にトイレの場所を尋ねた。

「緑のカーテンの後ろさ。けど、あいつが説教してるうちは行っちゃいけねえことになってるぜ」

わたしはわけはあとで簡単に説明すると言って、おぼつかない足取りで脇の通路を歩き、カーテンのほうへ向かった。

トイレはせまかったものの、そこそこ清潔だった。わたしは用を足した。それからポケットをあさり、三十八セントと未開封のウイスキーの半パイント瓶を見つけた。親指で封を切り、飲みながら洗面台の前の鏡に映る自分の姿を観察した。

腫れた目がこちらを見つめていた。顔の肌はひきつっているようだった。顎は四日分のひげで覆われていた。シャツはくしゃくしゃ。ネクタイはなし。アイロンのかかっていない背広は汚れていた。財布も車のキーもなかった。前後不覚に酔っていても、わたしは利口にふるまったようだ。身元が明らかになるようなものは何一つポケットにはいってなかった。〝天才青年〟は消えた。マーク・ハリスは死んだか、姿をくらました。わたしは外見もにおいも、救済院で施し物を待つ浮浪者そっくりだった。

ウイスキーを飲み干し、貯水タンクに瓶を隠そうとした。そんなスペースはなかった。すでに空の半パイント瓶がいくつもはいっていたため、銅のボールが上下するだけの余地しかなかった。わたしは蓋をもとの位置に戻し、瓶をポケットに入れた。

さて、わたしはシカゴにいた。こんなに遠い東の地までどうやって来たのか、車はどうなったのか、皆目見当もつかなかった。始末しておくだけの分別があったことを祈るばかりだ。そうすればどこへ向かったかはわからない。マリアは死んだ。もし、それが避けられたなら、わたしはガス室送りになってもかまわなかった。

わたしは洗面器に冷たい水を溜めた。顔と手を洗い、髪を浸した。そのとき、タオルがないことに気づいた。ひどいところだ。

トイレのドアをあけて、外にタオル掛けがないかと探した。どこにもなかった。この救済院はもとは店舗だったらしい。礼拝室とその奥は繊維板で仕切られていた。間仕切りの向こう側では、あの太鼓腹の男が、悔い改めについての話や、ひとりの罪人を救うことはたっぷりの食事が二十回届くよりも大きい喜びが天にあるということを、滔々と語っていた。

こちら側には狭い台所と、軍隊用の簡易ベッドが一ダース、そして両側にベンチのついた食事用のテーブルがあった。淹れたてのコーヒーの香りがした。二十代半ばか後半のきれいな女が、テーブルに紙皿と厚手の白い陶器のカップを並べていた。

女はわたしが水を滴らせているのを見ると、こちらへやってきた。「洗面所にタオルはなかったの?」

「ああ」

女は声を張りあげた。「アデル」

同じ年頃の女が台所のドアのところまでやってきた。

「はい、ミセス・ヒル」

「タオルを一枚持ってきてくれる? バスケットにはいってるわ」

その女が清潔なタオルを取ってくると、ミセス・ヒルはそれをわたしに手渡した。「さあ。これを使って」

わたしが顔を洗ったことを喜んでいるようだった。

　わたしが無精ひげを拭き、髪を手櫛で整えているあいだ、ミセス・ヒルはこちらをながめていた。小柄な女で、身長は五フィートといったところだろう。体重はボディパウダーとタオルを足しても百ポンドあるかどうか。髪は淡い金《アッシュ・ブ》髪《ロンド》で、赤いハイライトがはいっていた。体は見事だった。張りのあるつんととがった胸は、布に覆われているのがきゅうくつそうだ。女というものは、いまも同じように見えた。やはり女はいいものだ。この女は救済院で何をしているのだろう、とわたしは思った。あの太鼓腹のスウェーデン人と結婚していなければいいが。もし結婚していたら、あの男が説教壇の上よりベッドのなかのほうが情熱的でないかぎり、さぞかし眠れぬ夜を過ごしているにちがいない。

　それは、その顔とよく手入れされた手のすばやい動きに現われていた。線の鋭い顔はスラヴ系といっていいほど頰骨が高かった。瞳はグレーというより緑に近い。明るい色の髪を後ろにとかして、うなじでシニョンにしていた。女にはセックスを必要悪だと考えている者もいる。わたしはそれを何百人もの女から聞かされてきた。その連中はわたしの向かいにすわって、離婚を求めていた。

〝うちの夫はけだものよ。あの人――毎晩求めてくるんです。真っ昼間でも頻繁に。あんなにしたがるなんて異常だわ〟

　この女は愛されることが好きなタイプだ。食事や睡眠と同様に、それはこの女の生活の一部なのだ。

　タオルを使い終えると、それをどうすればいいか迷った。ミセス・ヒルはタオルをわたしの手から取り、テーブルの準備に戻った。半パイントのウイスキーが胃を落ち着かせた。気分はそれほど悪くなかった。わたしは礼拝室のもとの席に戻った。

　濡れた目の牧師は、まだ悔い改めについて話しており、同じ格言を繰り返していた。早くアーメンと唱えて、何か食べさせてくれないものか。この牧師はマリアを思い出させた。マリアがしていたのと同じようなくだらない説教。要するに、原因と結果、悔い改めと救いだ。うんざりだった。わたしなら苦もなくもっとうまい説教ができる。

わたしは隣の浮浪者にきょうは何日かと尋ねた。

その男は金曜日だろうと答えた。

「何月の？」

「十一月さ」

わたしは考えこんだ。あれは十月初旬だった。マリアがはじめてわたしと口論し、地方検事のところへ行くと脅したのは。わたしのためだ、とマリアは言った。あれが起ったのは十月の二週目の火曜の夜だ。少なくとも五週間がたっていることになる。マリアの身内とわたしの西海岸での地位を考えると、一面記事になったのはまちがいない。おそらく、わたしの写真はシカゴの新聞にも載っただろう。

わたしは同じ男に新聞を読むかと尋ねた。

「ときたまな」男は答えた。「ダグウッドとブロンディがけっこう気に入ってるんでね」

「おれの写真を新聞で見かけたことは？」

男はわたしが大口をたたいていると思ったらしい。「ないね」わたしの顔をしげしげとながめた。「だが実を言うと、訊きたいことがあるんだ」

「なんだ」

「あんた、おれがデモインで知り合いだったバーテンダーにちょっとばかり似てるのさ。デモインに行ったことはねえか？」

わたしはないと答え、いらいらと待ちながら、香りのいいコーヒーを飲みたいと思いつつ、食事がすんだあとどうするかについて考えた。三十八セントでは一夜の宿代にもならないだろう。紙幣を見落としていたかもしれないと思い、もう一度ポケットのなかを調べた。何もなかった。

牧師は説教を終えると、前に出たい者はいるかと尋ねた。だれもいなかった。牧師は肩を落として、終わりの賛美歌を告げた。それから牧師が調子はずれのピアノを弾くと、全員が立ちあがって夕食のために歌った。もしこの歌が神の耳に届くとしたら、神が音痴であることを祈るばかりだ。

歌っているとき、隣の浮浪者に脇腹を肘でつつかれた。

男は興奮しているようだった。「おい。いかれ女のミセス・ヒルだ。今夜はうまいもんが食えるぞ」

わたしは緑色の毛織りカーテンに目をやった。あのアッシュ・ブロンドが戸口に立っており、わたしを見ていた。彼女の視線を感じた。それはわたしのひげを剃り、髪をとかした。ウイスキーによる顔の赤みをぬぐい、シャツを洗った。やさしい、励ますような視線だった。もし、この場でなければ、わたしを欲しがっているにちがいないと確信しただろう。すると、ミセス・ヒルは笑みを浮かべ、そのまなざしをやめた。その笑みはやさしかったが寂しげで、情欲を感じさせるものではなかった。単にわたしを憐れんだだけ。それだけだった。

わたしは隣の浮浪者に、ミセス・ヒルはどんなふうにいかれてるのかと尋ねた。自分は知らないがみんながそう言っている、と男は答えた。「けどな、金は持ってるぜ。あの女の車を見てみろよ。それから週に二度、もっと頻繁のこともあるが、メイドを連れてきて、おれたちにごちそうを用意してくれるんだ」

「宗教的狂信者というわけか？」

「〝きょうしんしゃ〟ってなんだ」

答えてやる前に音楽がやみ、あの太鼓腹の小男が長たらしい祈りにはいったが、だれも聞いてなかった。ミセス・ヒルを除けば。彼女は戸口に立って頭を垂れていた。またこちらを見るかもしれないので、わたしはうつむいた。わたしが持っているのは三十八セントだけなのだから、どんな手を使おうと罰はあたるまい。

祈りのあと、われわれは飼い葉桶にならぶ豚のように食った。コーヒーは熱くて濃かった。サンドイッチはうまかった。ミセス・ヒルは絶えず動きまわり、みんなに食事を促していた。

女にしては低い声だったが、しゃがれているわけではなかった。わたしの後ろで足をとめた。「こんなことはまったくはじめてなんでしょう？」

わたしは肩越しに振り返った。「なぜそんなことがわかる?」

ミセス・ヒルは寂しげに微笑んだ。「わかるのよ」と言って、また歩きだした。

わたしはこの女を理解しようと努めたができなかった。外見や話しぶりからは、いかれてるとは思えなかった。先ほどのほのめかしが気に入らなかった。わたしが一見浮浪者のように見えていても、この女にそうじゃないとわかるなら、頭のいい刑事であればわたしを人混みで見かけたとたんにわかるということになる。

浮浪者の大半がぞろぞろと出ていきだした。わたしの新しい友人が言った。「ダウンタウンのループまでいっしょに行くか? あそこで物乞いすりゃ、劇場の観客が引けるまでに一パイントと一夜の宿代くらい稼げることもあるぜ」

わたしはここに残ると言い、居残りの言いわけのために、もはや欲しくもないコーヒーを飲んでいた。ニールソンという名のあの太鼓腹の男が、礼拝室の椅子をまっすぐに並べはじめた。アデルはカップとスプーンを洗い、ミセス・ヒルは紙の皿をごみ箱に捨てていった。

ほとんど酔いは醒めていたが、わたしは心配で気が気じゃなかった。新聞が読みたかった。新聞を読んで、自分の置かれた状況を見極めねばならなかったが、しらふで外へ出る勇気はなかった。

ミセス・ヒルはテーブルを拭き終えると、わたしの隣にすわった。「あなた背が高いわね」

六フィート二インチだとわたしは答えた。

「年はいくつ?」

「三十五」

ミセス・ヒルのドレスはスクエア・ネックで、その襟ぐりはかなり深かった。その大きく開いた胸元と深い谷間から、わたしは目が離せなかった。酒のせいで震えているにもかかわらず興奮した。おそらく、それがどこへつづいているのかを知っていたからだろう。

「そう」とミセス・ヒルは言った。「それで、あなたの名前は?」

わたしは最初に頭に浮かんだ名前を言った。「フィル・トマス」

「シカゴ出身?」

「いや」できるだけロサンゼルスから遠いところにした。「ジョージアのアトランタだ」

「シカゴには来たばかり?」

「ああ」

ミセス・ヒルは舌の先で唇を濡らした。「今晩、泊まるところはあるの?」

わたしはますます興奮した。かわいい女だ。そして若い。たやすくものにできそうだ。歌をうたったのは夕食のためだったが、ベッドも手にはいりそうだった。「いいや」わたしはそっけなく言った。「まだない」

わたしは左手をテーブルの上に置いていた。ミセス・ヒルはその手を軽くたたいた。「じゃあ、ここに泊まるといいわ。帰る前にミスター・ニールソンに話しておくわね」

殴ってやりたかった。わたしが何を期待しているのか、この女にはわかっていた。その口もとにはまだ寂しげなやさしい笑みが浮かんでいたものの、緑の瞳はわたしを嘲笑っていた。前かがみになってハンドバッグをあけると、胸の谷間がいっそうよく見えた。

ミセス・ヒルはハンドバッグを閉じて、封を切っていないキャメルを一箱と一ドル札をテーブルに置いた。「それから、もしあなたがまともになりたいなら――」目の端でわたしを見た。「どうなの?」

わたしはもったいぶった。「たぶん」

ミセス・ヒルはキャメルと一ドル札をわたしの手の下に押しこんだ。「それなら、わたしから連絡があるまでここにいるといいわ。わたしは自分の力で立ち直ろうとしている男性を助けることにとても関心があるの。あなたに仕事を見つけてあげられるかもしれないわ」そしてわたしの手を軽くたたいた。「あすの夜、また会いましょう、ミスター・トマス」

ミセス・ヒルはアデルと立ち去り、ニールソンはすぐ後ろについて、大きなピクニック用バスケットをふたつ運んだ。わたしは玄関までついていき、窓からその三人をながめた。ニールソンは新しいキャデラック・フリートウッドの後部座席にバスケットを置くと、しばしミセス・ヒルと言葉を交わした。やがてミセス・ヒルは運転席にすわり、大きな車を縁石から急発進させた。

ニールソンは手をすりあわせながら戻ってきた。「立派な女性です。ミセス・ヒルという人は。ああいう人がもっといれば、この世界はすばらしいものになるでしょうに」

ニールソンは救済院の奥へ歩いていった。わたしは窓の向こうを見たまま、一ドル札を使いたくてうずうずしていた。通りの向こうにバーがあった。

とはいうものの、わたしは警察に注意を払わなければならなかった。それからアンジェロにも。マリアはアンジェロの妹だった。

〝あいつをよろしく頼むぜ、マーク〟わたしたちが結婚した夜、アンジェロはわたしにそう言った。脅しではない。予感でもない。単に事実を述べただけだった。

わたしは震えだし、震えをとめることができなかった。ここまでは逃げおおせたが、わたしの運は尽きていた。わかっていた。それが世の常だ。あまりにも多くの人間がわたしを捜していた。たいしたことじゃない――通りを無事に渡ることなど。眼光鋭い私服刑事に肩をたたかれたりはしない。

〝おや、先生。これはうれしい偶然ですね。ロサンゼルスじゃ電話線が焼き切れそうですよ。それじゃ、いっしょに局までひとっ走りして、警視と話をしましょうか〟

手の震えがひどすぎて、煙草の箱がなかなかあけられなかった。やっとのことで煙草に火をつけた。怯えているというのは、いい気持ちがしなかった。何かが汚れているような気がした。

マリアはわたしに忠告した。〝あなたのためなのよ、マーク。このままやっていけるわけないわ。いまに深みにはまって抜け出せなくなる。弁護士資格を剝奪されても、ほかに食べていく道はあるわ。刑務所に何年か送られたとしても、きれいになって出てこられる。わたしは待ってるわ。最初からやり直しましょう〟

そしてわたしはとことん深みにはまった。一か八かの危険を冒してまで通りを渡ることはない。さしあたりここにいれば安全だ。わたしは振り返り、みすぼらしい説教壇の後ろにかかっている宗教画を見た。

イエスの御腕に。

マリアはさぞかしよろこぶだろう。

2

わたしは救済院の奥に戻った。ほかに十一人の浮浪者が残っており、外套を脱いでベッドに体を伸ばし、煙草を吸いながらごく短い単語だけで会話していた。すでに眠っている者もいた。ニールソンのベッドは、部屋の隅に立てている屛風の後ろにあった。わたしはニールソンに何か読むものを持っていないかと尋ねた。ニールソンは聖書を差し出した。わたしはもう読んだと言い、その証としてマタイによる福音書から引用した。

「わたしの兄弟であるこの最も小さい者のひとりにしたのは、わたしにしてくれたことなのである」

ニールソンはたいそう喜び、撫でられた子犬のように身をくねらせた。この男に言う必要はあるまい。信心深い陪審に好印象を与えるために、この句を使ったことは。それはカリフォルニア州対突然貞淑になったおつむの軽いコーラスガールの裁判で、その娘は五年間いっしょに暮らした内縁の夫を殺害したのだった。

ニールソンは古い新聞紙の山を指さした。「ミセス・ヒルがあなたを気に入ってましたよ。あなたに仕事を探してくれるようです」

「助かります」

新聞は順番通りに積まれていた。一番上の新聞を一部取り、下からもひとつかみ引っぱりだすと、トイレに最も近いところにひとつだけ空いているベッドにそれを置いた。

暑かった。臭かった。自分の体がにおった。ここの換気装置といえば、あけたままの欄間窓と、格子のはまった台所の窓しかなかった。風呂にはいりたかった。ひげを剃りたかった。わたしはまた屏風の前へ行き、ニールソンに剃刀を貸してもらえないかと尋ねた。

ニールソンはさらに喜んだ。「もちろん」

わたしはコートとズボンとシャツを脱ぎ、トイレでひげを剃った。ひげがないと顔が見分けられやすくなるだろうが、酔いが醒めてくると、あのひげと汚れにはもう耐えられなかった。

ひげを剃り終えるとパンツで体を洗い、アンダーシャツをタオル代わりにした。つぎにパンツとアンダーシャツと靴下を洗面器で洗って、ベッドの足もとに干した。シャツはお手上げだった。逃亡中にけんかをしたらしく、汚れているだけでなく血がこびりついていた。それらの汚れを絞り出すと、ほかに洗濯したものといっしょに干した。

わたしは時間稼ぎをしていた。それは自分でもわかっていた。新聞を読みたくなかったのだ。マッチ棒で爪の垢を取った。指の関節の側面で歯を磨いた。濡れた髪を手櫛で整えた。それからようやくベッドに裸で体を伸ばして、一番上にあった新聞を読んだ。わたしに関する記事はなかった。

下から抜きだした新聞に取りかかった。わたしは自分で思っていたほどの大物ではなかった。マーク・ハリスの名前が出たのは十月九日の朝刊からだった。そのときすら写真はなかった。マリアとわたしに関する記事は、中面の細長いスペースのみだった。サンチーノ発のその記事は、つぎのように書かれていた。

地元の警察は弁護士マーク・ハリス、かつてはカリフォルニア法曹界の天才青年と呼ばれた男の行方を追っている。地元と州全体にわたって賭博や売春に深く関与し、キャステリ・アンジェロの顧問弁護士だったことで知られるハリスは、現在警察の捜査の対象となっており、十月八日の夜、ハリスに対する不利な証拠をナイト地方検事に届けようとした妻を銃で殺害したと見られている。その証拠とはハリスの弁護士資格を剝奪し、起訴も予期されるものだったため……

わたしは新聞を床に落とした。

〝お願いよ、あなた〟マリアはわたしに懇願した。〝こんなひどい仕事からは足を洗って。あなたはこんなことをする人じゃない。だからそんなに飲むのよ。恥ずかしくて自分の顔が見られないんだわ。きっぱりやめて、最初からやり直しましょう〟

〝それはキャスに不利な証言をするってことだぞ〟

〝それがどうしたっていうの？〟

〝キャスはきみの兄さんだ〟

〝キャスは許してくれるわ。わたしのために。わたしを愛してるもの。キャスはわたしの幸せを願ってくれてるわ〟

そう、マリアはいま最初からやり直している。いまいる場所を気に入っていればいいが。

十日と十一日と十二日の新聞はなかった。ふたたび自分の名前を見つけたのは、デイリー・ニューズ紙の一九五二年十月十三日付けモントレー発の記事だった。地元のハイウェイパトロールが、崖から車が転落したという通報を受けて調査していたところ、その車を弁護士マーク・ハリスのものと確認した。ハリスには妻を殺害した容疑がかけられており、サンチーノ警察がその行方を追っている。わたしがその車を運転していたことは、ハイウェイ沿いで働いている三人のバーテンダーによってはっきりと確認された。三十代半ばで、金のかかった身なりをしており、身長は六フィート二インチ、体重はおよそ二百ポンド。瞳の色は青で、髪は黒い。最後にはいった店のバーテンダーは、わたしの注文を断わった。記事によると、そのバーテンダーは捜査中の警官につぎのように語ったという。

……その男に言ってやったんだ――なあ兄さん、その金はポケットに戻しな。おれはあんたに酒を出すつもりはねえからよ。あんたはもうすっかり酔っぱらっちまってる。もう一杯飲んだら、その高給取りの仕事を海に捨てるはめになるぜってな……

おぼろげに記憶が戻ってきた。そのとき交わした言葉がぼんやりと思い出された。酔っていたにもかかわらず、わたしはまだ天才青年だった。逃げ道を思いついたのだ。もし車を海に落とせば、わたしは死んだと見なされ、アンジェロも警察もわたしを捜しつづける理由がなくなるだろう、と。

わたしは新聞をめくった。十五日の朝の時点でも、わたしの死体は海岸にあがらなかった。地元の漁師たちによれば、あのあたりの強い海流によって沖に流されたのだろうということだった。また、もし戻ってくるとしても、何週間もかかるかもしれないと語っていた。サンチーノ警察のマット・オア警部補は、車が確認されるなりモントレーへやってくると、わたしが自分のやったことを悔やむあまり、故意に車を崖から転落させたという仮説を受け入れはじめていた。国際通信社《INS》の記者とのインタビューのなかで、マットはつぎのように語っていた。

……ハリスは狡猾なぺてん師でしたが、妻を愛していました。徹底的な捜査のあいだにも、われわれはハリスとほかの女との関係を見つけることができませんでした。わたしの考えでは、ハリスは酔った勢いで妻を撃ち殺してしまい、酔いが醒めて自分のやったことに気づいたとき、自らの命を絶ったのではないかと……

わたしは息をとめていたことに気づいて、ゆっくりと吐き出した。どうやってシカゴへ来たのか、自分が何をしたのか、この五週間どこにいたのか、そんなことはどうでもよかった。警察はわたしが死んだと考えている。息苦しさがいくぶん消えた――キャスのことを思い出すまでは。

マット・オアは馬鹿だ。サンチーノ警察は馬鹿ばかりだ。しかしキャステリ・アンジェロは頭がいい。生きているかぎりどこまでも追ってくるにちがいない。〝あいつをよろしく頼むぜ、マーク〟と、やつはわたしに言った。

救済院の壁がわたしを締めつけた。わたしはまた頭のなかで逃避した。キャスはわたしを知っている。わたしはやつの弁護士であると同時に義理の弟だった。わたしの死体に唾を吐きかけるまで、死んだとは信じまい。やつとその手下たちは、警察が手を引いたところから取りかかるだろう。

〝長身でハンサム。黒い髪には白いものが混じってる。だれもがひと目で気に入るようなタイプだ。愛想がよくて話好き。あんた、見た覚えはないかい〟

キャスは沿岸地域にくまなく命令をくだすだろう。マンハッタンやリノやラスベガスの商売仲間に、わたしの死には疑わしい点があると知らせるだろう。かなりの褒賞金を出すとふれまわるだろう。だが、わたしを生かしておきたがるはずだ。〝あいつをよろしく頼むぜ、マーク〟

ニールソンが長いぶかぶかのパンツをはいて、そっとトイレに向かった。出てくると、まだ明かりを使っているかとわたしに尋ねた。わたしが使ってないと答えると、スイッチを切った。

闇が、汚れた体とシケモクのにおいを強くした。古いコーヒーと、すえたような脂のにおい。浮浪者のひとりが酒瓶を持っていた。喉を鳴らして飲む音が聞こえた。ときおり路面電車が低い音を立てて救済院の前を通り過ぎていった。酔っぱらいどもが二度ドアをたたき、中に入れようとしないニールソンに悪態をついた。

わたしは闇のなかで天井を見つめた――そして、マリアの姿を心に描きながら思い出していた。最初のデートのとき、マリアがどんなふうだったか、何を着ていたか。同じ階層の出身で、成功を収めようとしていたわたしとつきあっていることを、どれだけ誇らしげにしていたか。

あれはマードック裁判の直後で、新聞がわたしのことを天才青年と呼びはじめたころだった。マードックはまちがいなくクロだった。あの女はまず十六歳のハイスクールの少女を堕落させ、つぎに口にはできないような方法で、拷問し、殺害した。だがマードックは金を持っていた。わたしは弁護士だった。わたしの仕事はあの女を弁護することだった。そのときはそう自分を納得させた。そのうえ、机の上に積まれた二万ドルの依頼料と、自由の身にすれば三万ドル上乗せするという約束があった。ひとつの事件の報酬が、わたしの父が生涯に稼いだ金よりも多かった。

わたしは煙草に火をつけ、闇のなかで煙を吐きながら、自分がどれくらい稼いだか概算を出そうとした。だができなかった。とはいえ、かなりの額になるのはたしかだ。マードック裁判のあとは勝つたびに負けられなくなり、それに応じてわたしは変わった。うわさはまたたく間に広まった。困ったことになった？　助けて欲しい？　ハリスのところへ行くといい。金はかかるが時間は節約できる。

マリアとわたしはロサンゼルスに部屋を持っている。マリブの海辺の街、ベネディクト・キャニオンのはずれにあるアパートだ。いや、ちがった。部屋を持っていた。いまマリアが持っているのは墓地の一区画だけ。わたしは簡易ベッドだけだ。ウエスト・マディソン通りの救済院のなかに。

わたしは思い出そうとした。いつ、どの裁判のときだっただろう。目に見えない線を越えたのは。どちらも思い出せない。とにかくわたしは一線を越えた。裁判に勝つことが何よりも重要となり、どうやって勝つかは二の次になった。勝つことと、報酬を回収すること。ギャングの弁護もしたし、そいつが費用を払えなかったときは、代わりにできあがったばかりのパイをひと切れ受け取った。そのときマリアが反対したのをよく覚えている。

「でも、それは倫理に反してるわ、マーク」

倫理《エシカル》。語源はラテン語のエティカ。意味は道徳的なおこない、あるいはそれに関すること。職務規範に従うこと。

やがて、キャスとの関係がはじまった。キャスはそのころすでに大物だった。腕利きの弁護士を必要としていた。とはいうものの、わたしに仕事を任せる気になったのは、わたしの手がすでに汚れきっており、あとすこしくらい汚れたところで、変わりはないと知ってからのことだった。

わたしはこの五週間の記憶をたどろうとした。どこかにいたはずだ。ポケットに三千か四千ドルを入れてベネディクト・キャニオンの部屋を出た。最低でもつねにそれくらいは持ち歩くことにしていた。それけ大物としての役割の一部だった。金だけがすべてだった。

わたしはなんとか頭を働かせようとした。サンチーノとモントレーのあいだにあるバーで札束をちらつかせていた。さらに数マイル先で車を崖から転落させた。そのあとどうなったのか。わたしはどこへ向かったのか。どうやって。五週間だれかといっしょだったのか。どうやってシカゴへたどり着いたのか。

五週間は空白のままだ。

煙草の火を靴のなかで消し、サンチーノでマリアを撃った夜まで記憶をさかのぼった。そのことは鮮明に覚えていた。その日はついていなかった。わたしが賄賂を贈らなかったけちな政治屋どもが、仕返しを目論んでいた。

わたしは午前中をかけて関係の修復にあたった。午後は欲望からというよりむしろ息抜きとして、ロサンゼルスへ向かい、ブロンドの若手女優と会っていた。当時この女の父親認知訴訟を扱っており、女は依頼料の代わりに現物で支払っていた。マット・オアはこの点についてもまちがっていた。ほかに女はいた。多くはないが数人ばかり、そのほとんどは新進女優のたぐいだった。

浮浪者がふたり、いびきをかきはじめた。わたしは横になり、それを聞くまいとした。自分が堕落した弁護士に成り果てていたことに気づいた。残念ながら、ただじゃない。マーク・ハリスに弁護してもらいたければ、値打ちのあるものを賭けなければならなかった。

吸い殻が靴のなかでくすぶっていた。そこからつぎの煙草に火をつけた。

最後の引き金になったのはマリアだった。マリアに会ったとき、その顔は涙に濡れていた。わたしがブロンド娘といたあいだに、ナイト地方検事に説得されていた。わたしはあまりに優秀な弁護士であり、あんな連中と関わっているような人間ではない。足を洗う時期だ。もし連中に不利になる証言をすれば実刑は免れるはずだ、とナイトは個人的に請け合ったのだろう。だが、やつは弁護士資格剝奪の可否については手出しできない。それは弁護士協会が決めることだ。

夕食は陰鬱だった。ベネディクト・キャニオンの部屋に着いたとき、わたしはすでにできあがっていた。そこへさらに痛飲し、マリアの声を聞くまいとした。

「どうしてだめなの、マーク」

「なぜおれがそんなことをしなきゃならない」

「わたしのためよ。もう一度幸せになりたいの」

「サンクエンティン刑務所にはいっているおれとか」

「実刑は受けないだろうってナイトは請け合ったわ」

「あいつにそんな約束が守れるもんか。それにおれは弁護士でいたいんだ」

「あなたのためなのよ、マーク。このままやっていけるわけないわ。いまに深みにはまって抜け出せなくなる。弁護士資格を剝奪されても、ほかに食べていく道はあるわ。刑務所に何年か送られたとしても、きれいになって出てこられる。わたしは待ってるわ。お願いよ。こんなひどい仕事からは足を洗って。あなたはこんなことをする人じゃない。だからそんなに飲むのよ。恥ずかしくて自分の顔が見られないんだわ。きっぱりやめて、最初からやり直しましょう」

「それはキャスに不利な証言をするってことだぞ」

「それがどうしたっていうの？」

「キャスはきみの兄さんだ」

「キャスは許してくれるわ。わたしのために。わたしを愛してるもの。キャスはわたしの幸せを願ってくれてるわ」

口論が終わったのは、いつものように、ベッドの上だった。かたわらに白い肌の、美しいマリアが横たわっていた。そのときまでにわたしはかなり飲んでいた。マリアも何杯か飲んでいた。わたしたちは愛し合った。酔っていてもしらふでいても、わたしが求めればマリアはつねにわたしのものだった。結婚して十年がたっていても。いつだって新鮮で、はじめてのときより美しかった。それから、マリアはいかにも女らしく、体のつながりに安心すると、ふたたび説得をはじめた。

わたしは黙れと言った。やめようとしないのでひっぱたいた。マリアは裸のまま部屋を横切ると、クローゼットから手近にある服を引っぱりだした。それは誕生日にわたしが買ってやったミンクのコートだった。マリアは言った。あなたが自分を救おうとしないならわたしがやる、ナイトに電話をかけて知っていることをすべて話すわ、と。

わたしはマリアを無理やりベッドに連れ戻し、組み伏せようとした。マリアはなんとかわたしの下から逃れた。ナイトテーブルの引き出しをあけ、銃を取り出した。わたしはそれをもぎ取った。マリアは頬を涙で濡らして泣きじゃくり、ミンクのコートを引きずりながら、またドアのほうへ向かった。

わたしは床に足をおろし、ベッドの縁に腰かけた。動悸がして、体が汗でびっしょり濡れていた。

覚えてないなんてうそっぱちだ。あたりが真っ暗になったなんて、たわごとにすぎない。わたしは自分が何をしたか知った。あのときも知っていた。マリアは警察に電話をしようとしていた。ナイトと話すつもりだった。マリアは知りすぎていた。とめねばならなかった。わたしはマリアをとめた。

わたしは立ちあがり、トイレのドアから台所のドアまでそっと歩き、またトイレへ引き返した。三周目になったとき、ニールソンが屏風の後ろから顔を出した。

「どうしたんですか、トマス」

「眠れないんです」

「寒けがするのでしょう？」

「ええ」

一杯勧めてくれるかもしれないと思った。ニールソンは勧めなかった。マリアのことを考えるのをやめなければ。さもなくば気が変になるだろう。

「あのミセス・ヒルとはどういう人なんですか？」わたしは尋ねた。

とてもいい人だ、とニールソンは答えた。

わたしはまた部屋を歩きはじめた。「それはわかります。ですが、あの人はどんなふうにいかれてるんです？」

「なぜそんなことを訊くんですか」

「仲間のひとりがそう言ったんです。あの人はいかれてるとみんなが言っているとか」

ニールソンはかぶりを振った。「ほんとうに頭がおかしいという意味ではありません」

聞き出せたのはそれだけだった。

3

朝はなかなか訪れなかった。ようやく訪れても寒く、薄暗かった。裏通りに吹く風に乗ってやってくると、はじめは格子のはまった台所の窓からのぞきこみ、やがて開け放たれた欄間窓からはいってきた。わたしは一晩じゅうまんじりともしなかった。

顔はむくみ、さわると痛かった。目はひりひりし、すこしばかり飛び出しているような気がした。とはいうものの、ときおり吐き気をもよおすことを除けば、気分はそれほど悪くなかった。

もうしばらく横になったまま、すすけたブリキの天井の向こうを見ようとした。「すまなかった」わたしはマリアに言った。「あんなこと起こらなければよかったのに」やがて起きあがると、ニールソンがコーヒーを淹れてテーブルにカップを並べるのを手伝った。

ニールソンが気分はどうかと尋ねた。

わたしは言った。「だいじょうぶです」

ニールソンはオートミールを作ってコーヒーと配った。ニールソンが食前のお祈りをすると、われわれは頭を垂れた。それから食事をとったが、食は進まなかった。

食べ終えると、ほかの連中はコートの襟を立てて寒空に出ていった。わたしはニールソンにここに残ってもいいかと尋ねた。ニールソンはどうぞと答えた。

わたしは皿洗いを手伝った。ベッドを消毒して整えるのも手伝った。その後、ニールソンが書類を整理しているあいだに、礼拝室の椅子をまっすぐに並べ直し、礼拝室とその奥を掃除した。テーブルとベンチをみがいた。トイレにモップをかけ、洗面器を磨いた。貯水タンクから酒瓶を取り出し、裏通りのごみ箱まで運んだ。考え事をしないためならなんでもやった。

ニールソンは喜んだ。「あなたはふつうの浮浪者ではありませんね」

わたしはなぜそんなことがわかるのかと尋ねた。

「あなたはきれい好きです」

「ええ」わたしは認めた。「たしかにそうです」

ニールソンは書類整理に戻った。わたしは裏通りで冷たい空気を胸いっぱいに吸いこんだ。爽快だった。わたしが取れる道はふたつ。最寄りの警察署を捜すか、どこまでも逃げつづけるか。いずれキャスに追いつかれると知りながら。

このときの気分では五分五分だった。自分がどうなるかはさほど問題ではない。とはいえ、死にたいわけではなかった。死は完全な終わりだ。それともそうじゃないのだろうか？

やがて正午になった。同じブロックにあるレストランで昼食をとった。大盛りのシチューに、パイとコーヒーを加えて五十セント。わたしに目を向ける者はいなかった。マーク・ハリスは自分で思っていたよりはるかに小物だった。パトロール中の警官のそばを通り過ぎもした。その警官はわたしの顔をまともに見ても、両手に息を吹きかけて温めただけだった。サンチーノ警察はまだビラを配っていなかった。そんなことをする必要がなかった。やつらはわたしが死んだと考えている。

そのブロックには小さな雑貨屋があった。わたしは櫛と爪やすりと、安っぽいヘアトニックをひと瓶買った。残りは三十セント。その三十セントで石鹸を一個と、プラスティックの剃刀と刃を二枚購入した。

救済院に戻り、また顔を洗ってひげを剃った。ニールソンはひとつだけ正しいことを言った。しらふの状態なら、わたしは身ぎれいにしているのが好きだった。髪にトニックをつけて櫛でとかした。ニールソンにシャツを貸してもらえないかと尋ねた。ニールソンは剃刀のときほどいい顔はしなかった。だがミセス・ヒルはわたしを気に入った。仕事を用意しようとしている。

ニールソンはベッドの下からスーツケースを引っぱり出して、清潔なシャツを差し出した。そのシャツは袖が何インチか短すぎた。ニールソンのサイズは十四。わたしの首まわりは十六だった。とはいえ、襟をあけたままにし、袖をまくりあげれば、それほど悪くなかった。いちおうは清潔だ。

スーツケースがあいているうちに、靴墨を借りて靴を磨いた。そのあとベッドに横になった。これからどうするかについて、決断を急がねばならないわけではない。もはや時間は重要ではなかった。いずれにせよ、当面わたしは死んだことになっている。この五週間の記憶は依然として空白だ。ずっとこのままかもしれない。だが、もし思ったとおりうまく足跡をくらましてきたなら、キャス・アンジェロがわたしを捜し出すまでに何カ月か、ひょっとすると何年もかかるかもしれない。その間にわたしが気にかけねばならないのは、己の良心のことだけだ。

ラジエーターが単調な音を規則的に立てた。暑かった。

わたしは疲れて眠りに落ちた。

欄間窓と台所の窓がまた真っ暗になってから目が覚めた。救済院の奥は明かりがついていなかったが、前のほうはついていた。ドアを開け閉めする音と椅子が軋む音が聞こえ、礼拝室は夜を逃れてなかにはいりたがる男たちでいっぱいになりはじめていた。

わたしはベッドの縁に腰をおろして煙草に火をつけた。さっぱりしたことと ビーフシチューとほぼ八時間の睡眠で気分がよかった。一杯やりたいとも思わなかった。わたしはまた図に乗りはじめた。ニールソンがわたしに説教をさせてくれないものかと思った。わたしが説教を終えて前に出たい者はいるかと尋ねれば、懺悔者席に浮浪者がたかることだろう。

眠気を覚まして礼拝室へ行き、昨夜と同じ浮浪者の隣にすわった。わたしの身なりの変化に、ニールソンは満足げにうなずいた。隣の浮浪者はあまり感銘を受けたふうではなかった。

「大当たりでも引いたのか？」

「ああ、大当たりだった」とわたしは言いながら、ほんとうにそうなのだろうか、あのアッシュ・ブロンドは現われるだろうかと思った。あの女はわたしの手を軽くたたき、〝あすの夜、また会いましょう〟と言った。人を愛さずにはいられない女だと印象づけようとした。それに聞いたところによると、金を持っている。

「おれはそんなにうまくいかなかったんだ」と浮浪者は言った。気落ちしているような口調だった。「恵んでもらったもんといや、半パイントだけだった。なのに強盗に襲われて飲めなかったんだ。ふたりの浮浪者に盗られちまった」

ニールソンは賛美歌で礼拝をはじめた。歌ったのはほとんどニールソンとわたしだけだった。つぎにニールソンは話をはじめた。わたしはニールソンを見損なっていた。一本調子でつたない話しぶりにもかかわらず、わたしにはないものを持っていた。ニールソンは真摯だった。自分の言っていることを信じていた。

わたしはうわの空で話を聞きながら、ドアがあくたびに振り返った。九時をまわったころ、あの女はやってきた。ニールソンは話を中断してにっこり笑った。

「こんばんは、ミセス・ヒル」

「こんばんは、ミスター・ニールソン。こんばんは、みなさん」

信者たちからもごもごとつぶやきが返った。ドアのすぐそばにいたふたりの浮浪者が、メイドから大きなピクニック用のバスケットを受け取り、ミセス・ヒルのあとについて緑色の毛織りカーテンの奥へはいっていった。

わが友人に脇腹を肘でつつかれた。「二晩つづきだぜ。おれたちゃついてるな」

「あんたはあの女がいかれてると言ってただろう。おれにはそうは見えないが」

そいつはかぶりを振った。「おれが知ってるのは聞いた話だけさ。それにこの通りにいるだれもが、あの女は気が変だって言ってるぜ」

「どんなふうに？」

そいつはかぶりを振った。「知らねえよ。あの女を直接知ってるわけじゃねえんだから」

ニールソンは話を再開した。わたしは緑のカーテンを一瞥した。ミセス・ヒルがわたしを見つめていた。目にしたものを気に入ってくれるといいが。やがて、わたしが見ていることに気づくと手招きした。

「今夜はすっきりして見えるわね」とミセス・ヒルは言った。

「だいぶ気分がよくなりました」

彼女も美しかった。ドレスは昨夜着ていたものよりも体にぴったり合っていた。胸はさらに見えていた。

わたしの視線に気づくと、ミセス・ヒルは顔を赤らめた。

「どうぞすわって、ミスター――トマス」わたしは隣に腰をおろした。

「フィリップと呼んでもいいかしら」

「どうぞ」わたしは彼女の香水をあてようとした。シプレかシャネルの五番。どちらも一オンスにつき三十五ドルはする。金を持っているのはたしかだ。

ミセス・ヒルは髪からはじめた。「髪をとかしてひげを剃ったのね」

「ええ」

「それにミスター・ニールソンから清潔なシャツを借りた」

「ご親切に貸してくださいました」

「入浴して靴も磨いた」

「ええ」これはこの女のゲームだ。わたしは球が投げられるのを待った。

ミセス・ヒルが深呼吸し、息を吸いこむとともに胸がふくらんだ。「働く気はあるかしら、フィリップ」

「あります」

「仕事をあげられるかもしれないわ」

「どんな仕事ですか？」

ミセス・ヒルはかすかにあいた唇から息を吐いた。「わたしの運転手よ」

心臓の鼓動がすこし早まった。ミセス・ヒルはいかれているかもしれないが、自分が欲しいものを知っている。わたしは心のなかでニンフと呼んだ。他人にはうかがい知れない理由で、愛人を捜しに出なければならない若く美しい女。救済院で男を選ぶというのは悪くない思いつきだ。ときおりわたしのような男が現われるのはほぼまちがいないだろう。

「車の運転はできるの?」

「ええ」

わたしは手のひらに汗がにじんでいることに気づき、ズボンでぬぐった。これまでの相手はもっと可愛いタイプの女だったが、このアッシュ・ブロンドは役に立つだろう。そう考えると愉快になった。キャスもまさか運転手を捜そうとは思うまい。

ミセス・ヒルは微笑んだ。「もちろん、あなたの経歴をすこしばかり聞かせてもらわなくちゃならないわ」

「当然です」

ミセス・ヒルの緑の瞳が、わたしの瞳を探るように見つめていた。「ほんとうに悪いことはしていないわね? つまり、犯罪歴はないでしょうね」

「ありません、ミセス・ヒル」

いかれているどころか、この女は狐のように狡猾だ。まるで掃除機のように、何ひとつ見落とさない。わたしにできることといえば、つねに一歩先んじて嘘をつくことだけだ。

「生まれはどこ?」

「昨晩言いました。ジョージア州アトランタです」

「家族はそこに?」

「いいえ」

「結婚は?」

「してません」

「アトランタでは何をしていたの?」

昨夜教えた名前をどこで拾ったのか思い返した。

「公認会計士でした」

「嘘じゃないでしょうね」

「誓います」

「じゃあ、なぜ浮浪者になったの？」

わたしはじっくり考えた。この話はなかなかのものだった。さらに肝心なのは、それが真実であることだ。フィル・トマスはわたしの依頼人だった。正確には、依頼人になる予定だった。トマスと会ったのはサンチーノ総合病院だった。トマスはサンチーノ高速鉄道を訴えようとしていた。その鉄道会社の車両一台を含む事故で、重傷を負ったためだ。ところが不運にも、相続人のないまま死亡したので、わたしは訴訟を起こせなかった。「一部始終を聞きたいですか？」

「お願い」

わたしは立ちあがり、トイレのドアまで歩いてまた戻ってきた。まるでミセス・ヒルは陪審員、わたしは被告側弁護人で、〝不運〟対フィリップ・トマスの裁判中であるかのように。わたしは話を組み立てながら歩いた。すでに話したように、わたしは元公認会計士だった。近親者はなし。親類はみな亡くなっていた。

ミセス・ヒルはしばしば同情を示した。「かわいそうに」

わたしは巧みに語った。裕福な家庭ではなかった。町のはずれでほそぼそと農業を営んでいたが、わたしは働きながらジョージア工科大学を出てどうにかいい教育を受け、やがていい職も得た。アトランタの娘と結婚した。わたしたちはピードモント・パーク地区に小さな復員兵向け住宅を持っていた。頭金三百ドルと三十年ローンの家だった。三年間はとても幸せだった。そんなとき、妻とわたしの親友が寝ている現場を押さえた。翌日、妻はそいつと逃げ、わたしたちの共同口座の金まで持っていった。ふたりはその後、交通事故で死んだ。

わたしは締めくくった。「そのあとは、何もかもどうでもよくなりました。酒を飲みはじめました。職も町も転々としました。ですが、昨夜はどん底まで堕ちたんでしょう。ここに転がりこんだことすら記憶にありません」

わたしはベンチに腰をおろして、指の関節を鳴らした。絶望しきった絵。ベストを尽くしたものの、無実とわかっている男を自由にしてやれるほどではなかったかもしれないと恐れている弁護士。この手は陪審に必ずいい印象を与えた。アッシュ・ブロンドにも効いたようだ。

彼女は目に涙を浮かべ、わたしの膝を軽くたたいて微笑んだ。「やけにならないで、フィリップ。あなたは立ち向かえるわ。わたしにはわかる。これからはきっと何もかもうまくいくわよ」

この女をからかっているのならよかったのに、とわたしは思った。向こうはわたしをからかっているのではなかった。わたしの膝をたたくとき、その指は無意識に膝を強く握った。わたしの魂に関心があるわけではない。男としてわたしを求めていた。「ありがとうございます、ミセス・ヒル」

ミセス・ヒルは微笑んだ。「どういたしまして、フィリップ」

とてもご親切に、とわたしは言いかけたとき、繊維板の間仕切りの向こう側で、あの熱心なスウェーデン人の小男が夜の説教を終え、期待をこめて、だれか前に出て神に心を捧げたい者はいますか、と尋ねていることに気がついた。

わたしは喉がつかえて声が出なかった。まるで人生がこの瞬間にかかっているかのようだった。わたしはいまやどん底に堕ちていた。警察に自ら出頭するか、キャスに電話してここへ捕まえに来いと言うほうが、関係者全員にとって一番いいかもしれない。

愛した女は死んだ。わたしが殺した。わたしはいま、風呂とおそらくは一パイントのウイスキーのために、そしてわたしがそれを望み、この女がわたしを興奮させるから、アッシュ・ブロンドのニンフと寝ようとしていた——ウエスト・マディソン通りの救済院で愛人を選び出し、わたしを前の男の後任にしてつぎの男の先任にしようとしている女と。

願わくば、楽しいときを過ごせるといいが。これほど自分が矮小で、卑劣な人間だと感じたことは、いまだかつてなかった。

4

その夜は、きのうの夜とほぼ同じだった。わたしはしらふで、コーヒーのことはさほど考えなかった。サンドイッチは藁のようだった。アデルが二度目にポットを持ってきたとき、わたしはカップの上に手を載せた。

「いや、けっこう」

ミセス・ヒルはわたしの後ろに立っていた。体をわたしの背中に押しつけた。指がわたしの肩を揉んだ。「まだすこし震えてるのね、フィリップ」

ええ、とわたしは答えた。

体がさらに強く押しつけられた。指が深く食いこんだ。「そうね、家に着いたら、きっと治してあげられるわ」

わたしは心身ともにぼろぼろだった。五週間泥酔していたのだ。ミセス・ヒルの指や体の感触に気持ちがたかぶった。奇妙にも、ほとんど痛みさえ感じるほどに。この女は自分がやっていることを知っているのかもしれない。法廷で争われる問題のなかでも、性的衝動とそれが引き起こす問題ほど厄介なものはない。敏腕の検事の多くは、セックスがらみの事件が持ちこまれると顔をしかめる。ほとんどの場合、そこに含まれている根の深い要因が多すぎるし、フィラデルフィアの精神科医にもそれを解きほぐすことはできない。

わたしはミセス・ヒルのファースト・ネームはなんだろうと考え、あのときの姿を想像した。

食事を終えると、ニールソンは今晩泊めることができる十二人の浮浪者を選んだ。ほかの者はコートの襟を立て、寒空に出ていった。

わたしはすわったまま最後の煙草を吸いながら、手の震えを抑えようとした。

ニールソンがやってきて、隣に腰をおろした。「ミセス・ヒルがあなたに仕事があるとおっしゃってますよ」

わたしは横を向いて、煙をニールソンの顔に吹きかけないようにした。「ええ。あの人の運転手になるつもりです」

ニールソンはわたしの膝を軽くたたいた。「それはいい。あなたに会ったとたん、ふつうの浮浪者じゃないとわかりました。あなたは清潔好きです。そして清潔に次ぐ美徳は神です」

わたしはこの小男を好きにならずにはいられなかった。その目をよくよくながめた。〝いかれ女〟のミセス・ヒルが救済院からわたしを連れ出す目的を知っていたとしても、表には出ていなかった。ニールソンは説教しているときと同じ誠実さで、わたしに仕事の申し出があったことを喜んでいた。

ミセス・ヒルはこちらにやってくると、ニールソンに小切手を渡した。体の賃貸料か？　それとも、生きがいいのをまわしてもらった謝礼か？　ニールソンは小切手を見ると、受け取りを拒んだ。

「ですがこれは多すぎます、ミセス・ヒル」

ミセス・ヒルは赤すぎる唇をなめて、ヤコブの手紙から誤った引用をした。「おこないを伴わない信仰はないものと同じです」

「ええ」ニールソンは正しく引用し直した。「おこないを伴わない信仰は死んだものです」

わたしはミセス・ヒルの顔を観察していた。目の下に濃いくまがあった。瞳はエンセナダ沖の海のような緑色だ。なめらかな肌とすこし開いた唇が、どこか絶えず飢えているような印象を与えていた。わたしは何に足を踏み入れようとしているのか。仕事を断わろうかと逡巡した。そして、きたならしい半分死んでいるようなほかの連中のあとについて、十一月の寒空に出ていこう。

そう言い出す前に、アデルが台所から出てきた。「終わりました、ミセス・ヒル」

ミセス・ヒルはわたしに微笑んだ。「今夜はあなたがバスケットを車に運んでちょうだい、フィリップ」

わたしはバスケットを台所から取ってきて車まで運んだ。風は思っていた以上に冷たかった。髪や汚れた背広の上着のなかに入りこみ、肌を刺した。食事を終えた浮浪者が数人ばかり、まだ救済院の前に立っていた。連中はどんよりした目でわたしを見た。運転手になるのははじめての経験だった。後部座席にバスケットを置くと、ミセス・ヒルのためにどのドアをあければいいのか迷った。

ミセス・ヒルはハンドバッグをあけ、イグニションキーを差し出した。「わたしも前に乗るわ、フィリップ」思い出したようにつけ加えた。「ああ、そうだわ。この子はアデルよ」

アデルは「よろしく」と言って後部座席に乗りこんだ。

ニールソンは車のドアを押さえていた。「なんとお礼を言っていいやら、ミセス・ヒル。もしあなたがいなければ、われわれはどうすればいいかわかりません」

ミセス・ヒルは笑い、「とんでもない」と言って車に乗りこんだ。それからわたしを一瞥するとつけ加えた。「二、三日来ないかもしれません。とても忙しくなりそうなので。ですが三人とも戻ってきます。来週の初めくらいに」

ニールソンは言った。「お待ちしています。おやすみなさい、神の祝福がありますように、ミセス・ヒル」

わたしはニールソンの腕を握った。「ありがとう。ほんとうにありがとうございました」そして長いボンネットをまわりこみ、運転席にすわった。

その大きな車はどこか奇妙だった。わたしはふいにその原因に思いあたった。テールフィンがない。ほぼ新車に近いキャデラック・フリートウッドだが、初期の四一年か四二年型で、モーターは背中をなでてもらっている子猫のような音を立てた。

わたしは車を縁石からゆっくりと動かし、マディソン通りを東へ向かう車線に入れた。「では住所を教えていただけ――」

「シカゴをよく知ってるの？」

「いいえ」

「じゃあ、わたしが曲がるように指示するまで、ループをまっすぐに走って」

「はい、ミセス・ヒル」

ループに近づくにつれて道が混んできた。飛ばすのは無理だった。川を渡ると、どの交差点にも信号があり、目の前でいっせいに赤に変わった。何かの前触れだろうか？

「運転がうまいわね」ミセス・ヒルが言った。

車のなかはヒーターがついていたので暑かった。香水の下の彼女の体臭がした。いいにおいだと思った。そう、わたしは正真正銘の悪党だ。わたしに選択の余地はない。わたしは計画を立てはじめた。一週間か二週間この女と暮らし、まとまった金を貯める。この女には、受け取る金に相当するだけのものを与えよう。そしてメキシコに逃げる。中央アメリカか南米でもいい。そこまで行けば、キャスの手も届くまい。

「ここで曲がって」ミセス・ヒルは言った。

わたしはミシガン大通りを南に折れて、フィールド自然史博物館を通り過ぎた。写真を見たことがあったのでわかった。シカゴについてそれだけは知っていた。

「ここから遠いんですか」わたしは尋ねた。

ミセス・ヒルはもっとわたしの近くにすわり直し、左の腿がわたしの右の腿にふれた。息を吸いこむ音を聞いた。もしくは聞いた気がした。「いいえ。もうすぐよ」

ハンドルを固く握りしめるあまり、わたしの指の関節は白くなっていた。数週間男妾として雇われるというのも、そんなに悪くはないかもしれない。

このあたりはループよりも車が多かった。車の販売店が密集しているとおぼしき地域は、通りの両側に並ぶショールームが、煌々と明かりを照らしていた。すると、ふいに道が狭くなり、さらに細くなった。正面にブラウンストーンを使用したかつての豪華な邸宅は、いまや窓に《貸し部屋あり》の張り紙がべたべたと貼られ、どんなやつらが住んでいるかは知れたものではなかった。

ミセス・ヒルは左手をわたしの右手に重ねた。「家はつぎのブロックよ。ポーチの左側が見えてきたわ。私道にはいってちょうだい」

わたしは指示された私道に車を入れてブレーキを踏んだ。その大きな古い屋敷は、青白い月明かりの下で、不気味な外観を呈していた。かつては植物に囲まれていたと思われる庭には、茶色い紙とそれに似たごみが、芝生の生えていた場所に散らばっていた。木々は枯れたか、成長がとまっていた。照明はポーチにひとつあるだけだ。窓から明かりは見えなかった。やがてその理由がわかった。窓という窓には板が打ちつけられていた。

わたしは横を向いてミセス・ヒルを見た。

彼女はいくぶんきつい調子で言った。「ドアをあけて、フィリップ。ここがわたしの家よ。あなたはこれからここで暮らすことになるわ」

「はい、ミセス・ヒル」

アデルは自分で車から降りた。わたしは車をまわりこんででドアをあけた。ところが、ミセス・ヒルは降りるそぶりをみせなかった。すわったままスカートをすこしずつ引きあげ、ストッキングの白い縁の部分まであらわにしながら、こちらの顔をうかがっていた。「気に入った？」

「わたしには関係ありません。単なる運転手ですから」

ミセス・ヒルはうなずいた。「そうね。たしかにこのあたりはひどいありさまよ。たしかにわたしは変わってる。わたしにはそうしていられるだけの余裕があるの」

わたしは籐のバスケットをアデルから受け取り、ふたりの女の後ろについて、擦り切れた石の階段をのぼった。ミセス・ヒルがドアの鍵をあけた。

ミセス・ヒルのあとから広々とした玄関広間にはいると、アデルがドアを閉めた。家のなかは外とまったくちがっていた。内装はしみひとつなかった。カーペットは高価な東洋産で、足首まで埋まるほど毛足が長かった。家具には手入れが行き届いていた。明かりがついていても、天井の高い部屋と二階につづく広い階段は、果てしない空間へ広がっているかのようだった。

ミセス・ヒルはわたしにうなずいた。「アデルにバスケットを渡しなさい」

わたしはバスケットを渡した。

ミセス・ヒルはわたしの腕を軽くたたいた。「じゃあ、車を片づけてきて」

「はい、ミセス・ヒル」

「裏に馬車小屋があるわ。出てくるとき扉を閉めて鍵をかけてきてちょうだい」

「はい、ミセス・ヒル」

「戻ってきたらアデルが部屋へ案内するわ。そのあいだに服をいくつか見つくろっておくから、買いにいくまでそれを着てなさい。入浴してさっぱりしたいでしょう」ミセス・ヒルは唇を舌の先で濡らして、歯が見えるほどそり返らせた。深く息を吸いこむと、張りのある胸がふくらんだようになり、その谷間を深くした。「それから――」

「はい、ミセス・ヒル？」

彼女は着衣のまま、まるで裸であるかのように言った。ベッドで裸になり、わたしを求めているように。「それから、すこしおしゃべりがしたいわ」

「はい、ミセス・ヒル」

アデルがわたしのためにドアをあけた。わたしは擦り切れた石の階段をおりて、車を裏にまわした。馬車小屋は車庫に改装されており、おおかたの現代風の家と同じくらいの大きさだった。

わたしは車を車庫に入れると、扉を閉めて鍵をかけた。そして扉にもたれ、コンクリートで舗装された裏の通路の向こうにある屋敷をながめた。わたしがこれから住む契約をした家。かつてはその豪華な景観を誇っていたのだろう。それがいまでは石を積みあげただけの建物にすぎない。月明かりの下で、わたしはそれをじっくり観察した。あの女の頭はどこかおかしい。裏窓にまで板が打ちつけられていた。スレート葺きの屋根から突き出している小さな頂塔にいたるまで、すべての階の窓に。隣は中古車置き場で、もう一方は廃品投棄場だ。まともな頭の持ち主——少なくとも金を持っている者なら、どれほど内装が豪華でも、こんなところに住もうなどとは思うまい。

わたしはポケットに手を入れて煙草を探した。見つかったのは空の箱だけだった。帽子が欲しかった。寒い。凍えそうだった。深く息を吸いこむと、私道を引き返しながら、正面玄関を使っていいのか、それとも使用人用に勝手口があるのだろうかと考えていた。

アデルが玄関広間で待っていた。救済院で着ていたドレスの上にこぎれいな白いエプロンをつけ、髪にはレースのリボンをつけていた。アデルは微笑んだ。「どうぞついてきて、フィリップ」

わたしはあとについて屋敷の奥へ長い廊下を進んでいった。きれいな娘だった。まだ若い。尻が誘うように揺れていた。わたしが見ていることに気づいているのに、気にするそぶりも見せない。この女主人にしてこのメイドあり、か。面倒なことにならなければいいが。

その部屋は一階にあった。業務用の通路からは離れている使用人用の部屋の並びにある一室で、浴室がついていた。水差しとグラスと未開封の一パイント入りボンデット・ウイスキーが、ベッド脇のテーブルに置かれていた。ベッドには清潔なパンツとアンダーシャツと靴下、そして高そうなグレーのフランネルのスラックスと、グレーとえび茶の縞模様のシルクのガウンが揃えられていた。

わたしは一パイント瓶を手に取った。「これは?」

「ミセス・ヒルが、一杯やりたいんじゃないかって」

わたしは親指で封を切った。「いただくとしよう。で、この服は?」

「亡くなったミスター・ヒルのものよ」

「なるほど」わたしは言った。「そういうことか。他界してからどのくらいになる?」

「なんて言ったの?」

「死んでからどのくらいになる?」

「十年よ」

わたしはウイスキーのキャップをあけ、自分の良心に一杯おごった。うまかった。ウイスキーはいつもと同じ味がした。「そうか。それで、ミセス・ヒルが救済院に興味を持ってからはどのくらいに?」

「二年にはならないわ、たしか」

「きみはそのあいだずっといっしょだったのか?」

「そうよ」

「その間、運転手は何人いた?」

アデルはその問いがおかしかったようだ。「どうしてそんなことが気になるの?」

「訊いてみただけさ」

部屋のドアは閉めていた。アデルはドアをあけた。なおもおもしろがっていた。「さっぱりして、服を着替えたら――」

「着替えたら?」

「広間で聞いたとおり、ミセス・ヒルがあなたに会いたがってるわ」

「どこで」

「彼女の部屋で。階段をあがったところよ」

アデルは部屋を出ていき、ドアが閉まった。わたしは浴室へ行って湯船に湯を張った。また風呂にはいれたことがうれしかった。熱い湯が筋肉の痛みを取りのぞいて緊張をほぐした。顔をさわってもそれほど痛くなくなった。目の疲れもいくらか取れた。

さて、これでわかった。わたしはまぎれもない悪党だ。運命の女神の紡ぎ車はまわり、そしてとまっていた。もはやわたしにできることはない。わたしは悪党だ。わたしは長々と湯に浸かったあと、タオルで体を拭き、ベッドに並べられていた服を着た。

亡きミスター・ヒルは贅沢好みだったらしい。サイズは部屋履きさえわたしとほぼ同じだった。わたしは最後にもうひとロウイスキーを飲んだ。そしてガウンをすばやく着ると、屋敷の表側にどうにかたどり着いた。

ウイスキーと熱い風呂でましになったとはいえ、わたしはまともとはほど遠い状態だった。痛いほど張りつめていた。多くのことが起こりすぎていた。わたしはあまりにも深いところまで堕ちていた。古い屋敷が話しかけているような気がした。

アデルの姿はなかった。音で判断するかぎり、屋敷にはわたしひとりしかいないようだった。しばらく玄関広間にたたずみ、暗い二階を見あげたのち、カーペットが敷かれた階段をのぼった。左手のひびのはいったドアから明かりが漏れていた。軽くノックすると、ミセス・ヒルが叫んだ。

「おはいり」

わたしはドアをあけてなかにはいった。ミセス・ヒルは薄手の白いネグリジェに着替えていた。ドアに背を向けて立ったまま、机に向かって何やらやっていた。肩越しにこちらを一瞥した。

「ああ。あなたなの、フィリップ」

すこしかすれた声は姿を消していた。冷ややかな声だった。ツー・スペードの宣言をしていたのかもしれない。化粧は落としていた。髪は後ろにとかして、似合わないポニーテールにしていた。金と黒の角縁眼鏡をかけており、そのせいで老けて見えた。

やがてこちらを向いてゆっくりやってきた。わたしは息を吸いこみ、そのまま息をとめた。歩くと素足のまわりでさらさらと音を立てる白いひだ飾りを除いて、ネグリジェはまるで蒸発したかのようだった。その下には何も着けていなかった。背後の煌々とした明かりが、体の輪郭をくっきりと浮かびあがらせていた。すばらしい体だった。豊かな胸はつんと上を向いて張りがあった。脚は長く、優美な形をしていた。足首は二本まとめて片手でつかめそうだ。

息をするのも苦しくなった。亡きミスター・ヒルのガウンのポケットに手を入れて、子供じみたまねをしないように、駄菓子屋にいる子供よろしく欲しいものを指ささないようにした。

ほとんど裸同然だということに気づいてないのか、あるいは気にしてないのか、ミセス・ヒルはわたしを見あげていた。「部屋はあれでよかったかしら?」

わたしは快適だと答えた。

「きっとここが気に入ると思うわ、フィリップ」彼女はつづけた。「わたしはここにアデルとふたりで暮らしてるの。世捨て人のようなものね。ときどきループまで買い出しに行ったり、週に一度か二度救済院を訪ねたりするとき車で連れていってもらう以外は好きにしていていいわ。でも、つねに待機しててちょうだい」

「はい、ミセス・ヒル」

彼女はさらにつづけた。「お給料は週に五十ドル、制服は支給するわ。部屋と食事つきよ。どう?」

わたしはけっこうですと答えた。

「では、これで全部よ、フィリップ。きょうのところはね」ミセス・ヒルは背を向けて、机のほうに戻っていった。ほっそりとした背中は、ほかの部分と同じくらい美しかった。「楽しくやってくれるとうれしいわ。おやすみ」

わたしは思わず口走った。「だがおれはてっきり――」

ミセス・ヒルは振り返り、眼鏡越しにこちらを見た。

「てっきりなんなの、フィリップ」

虚仮《こけ》にされた気がした。「なんでもありません」わたしは言った。「おやすみなさい」

わたしは部屋を出てドアを閉め、苦悶しながら階段をおりた。あの女はわたしの膝を握った。腿をわたしに押しつけた。わたしが胸に見とれていると顔を赤らめた。欲情しながらちょっとばかり〝おしゃべり〟がしたいと言った。それがどういうわけか、いまや心変わりしていた。こんなことのためにわたしを救済院から連れ出したのか？　自分の運転手にするために？

わたしは自室のドアを閉めて鍵をかけた。ウイスキーの残りを飲んだ。そして明かりを消し、横になって暗闇のなかで天井を見つめた。

十一月の夜の下で、吹きはじめた風が軒先でため息のような音を立て、中庭でごみを飛ばし、板を打ちつけた窓に木の葉を吹きつけた。月が出ているのは知っていた。だがこの屋敷の空気は、墓の洞《うろ》のように暗くよどんでいた。

その言いまわしに興味をそそられた。口のなかで繰り返した。墓の洞。ひょっとすると、これはすべて現実ではないのかもしれない。わたしの想像なのかもしれない。わたしは死んでいるのかもしれない。モントレーの近くの崖から車が落ちたとき、そのなかで死んだのかもしれない。だが、死人はこんなふうに感じたりはしない。死人はもう何も欲しがらない。

明け方近くに、いつしかわたしは眠りに落ちた。

5

板が打ちつけられた台所は暑かった。換気扇の回転数を最強にしても、空気はよどんでいた。わたしは自分が使用人になることを気に入るとは思わなかった。少なくともこのヒル家では。

この屋敷は気に入らなかった。夜通し話しかけてきた。風は奇妙な音を立てた。音楽のように聞こえることもあった。女の笑い声のようにも聞こえた。売春宿の女が笑っているようだった。

八時にコーヒーを飲んだ。十時にアデルが朝食を用意してくれた。わたしが台所の白いテーブルで食事をとるのに対し、女主人は自分の部屋で食事をとった。わたしは朝食を終えると、煙草に火をつけ、《モーニング・トリビューン》をひととおり案内広告欄まで目を通した。

わたしに関するものは何もなかった。わたしは死に、ポイント・ロボス沖の太平洋のどこかに浮かんで、バラクーダの撒き餌となり、蟹のための人間ステーキとなった。みんなにとってわたしは死人だった。キャスだけを除いて。キャスの手下はいまだにモントレーから各地に散らばり、ガソリンスタンドの店員や、バスの運転手や、切符売りや、鉄道警察官や、航空会社の乗組員に話しかけているだろう。〝長身でハンサム。黒い髪には白いものが混じってる。だれもがひと目で気に入るようなタイプだ。愛想がよくて話好き。あんた、見た覚えはないかい〟

わたしは知りたかった。どうやってモントレーを離れたのか、どれくらいうまく足取りをくらましたのか、キャスに見つかるまでどれだけ時間が残されているのか。

アデルがミセス・ヒルのトレーを持って戻ってきた。

「コーヒーのおかわりは?」アデルは尋ねた。「ミセス・ヒルからあなたの面倒をちゃんとみるようにって言われてるの」

それはご親切に、とわたしは言った。「それで、けさの奥さまのご機嫌はどうだい？」

アデルはかぶりを振りながらわたしのカップにコーヒーをついだ。「あまりよくなさそうよ。頭痛がするって言ってたし、泣いてたみたい」

わたしは考えこんだ。考えれば考えるほど、あのアッシュ・ブロンドには興味をそそられた。それではわたしはまちがっていたのか。セックスが目的ではなかったのか。純粋に他人を思う気持ちからだったのか。わたしの魂のことを考えていたのか。それならなぜわたしの膝を握った？なぜわたしが胸に見とれていると顔を赤らめた？なぜ広間であんな態度を取ったのか。なぜストリッパーのバタフライよりも体を隠さないネグリジェでわたしを迎えたのか。なぜわたしが何もしないうちから追い出したのか。

筋が通る説明はひとつしかない。最後までやるつもりだったが、考え直したのだ。あの女は結婚していた。わかっているはずだ。死んだミスター・ヒルがまったくの不能だったのでないかぎり、自分の体が男にどんな影響を与えるかを知らないはずがない。それがいまは泣いているという。なぜだ？

ミセス・ヒルのことを考えただけで興奮した。精神的に不安定なのかもしれないが、常軌を逸しているからといって、それが肉体的魅力を損ねるわけではない。愛し愛されるための体を持った美しい女だ。

アデルがエプロンのポケットから封をしていない封筒を取り出して、カップの横に置いた。「ミセス・ヒルがあなたに渡すようにって」

なかを見ると金がはいっていた。「これは？」

「一週目の給料の前払いですって。小遣いがいるだろうから」

さりげない心遣いだ。わたしのミセス・ヒルに対する評価はあがった。封筒には十ドル札が五枚はいっていた。わたしはグレーのスラックスのポケットに金を入れ、封筒をくしゃくしゃに丸めた。「ありがとう」

アデルは汚れた皿を片づけた。「それから、一時に車を屋敷の表にまわすようにって言ってたわ。あなたの制服を買いに行きたいそうよ」

制服を着ると思うと嫌でたまらなかった。わたしは喉の奥で笑った。

「なにがそんなにおかしいの?」アデルは尋ねた。

何が話せただろう。わたしはあの有名なマーク・ハリス、カリフォルニア法曹会の天才青年だということを? きのうの朝のまったく同じころ、一ドルと一夜の宿に喜んでいたことを? それがいまは部屋を一室と仕事とポケットに五十ドルがあっても精神的につながれている気がするし、自分を助けてくれた女のベッドにもぐりこめなかったために、急に何もかも嫌気がさしたということを?

板が打ちつけられた台所は気が滅入った。だれにもとめられなかったので、わたしは屋敷の正面の部分にやってくると、部屋をひとつずつ調べていった。ヒルの仕事がなんだったにしろ、やつはそれで金を儲けていた。調度品はひと財産に相当した。

わたしは台所に戻り、アデルにミスター・ヒルは何をしていたのかと尋ねた。

「自動車販売店だったと思うわ」アデルは言った。「名前は知らないけど」

「この屋敷に板を打ちつけてからどのくらいになる」

「ミスター・ヒルが亡くなった直後からよ」

「それはいつのことだ」

アデルはしばし考えこんだ。「パール・ハーバーとクリスマスのあいだってミセス・ヒルは言ってたと思うけど。日付は覚えてないわ」

ジャップがパール・ハーバーを爆撃したのは一九四一年十二月七日だ。いまは一九五二年の十一月。つまり、あの女は十年と何ヵ月かを寡婦として過ごしてきたことになる。結婚したのは十八か十九のときか。

「どのくらい結婚していたんだ?」

「一年たらずよ、たしか」

「きみはミスター・ヒルに雇われていたのか？」

「いいえ。あたしはミスター・ヒルが亡くなったつぎの年から、ミセス・ヒルのもとで働きはじめたの」

わたしは板を打ちつけた窓から、釘を打ってふさいでいる裏戸へ目をやった。「で、それからずっとここで働いてるのか？」

アデルはまだ皿を洗っていた。「そうよ」

「この家は気が滅入らないか」

「人って慣れるものよ」

「ごみはどうやって処理してるんだ」

「ほとんどはボイラーで焼いてるわ。燃やせないものは地下室のドアから出すの」

「ボイラーはだれが扱ってる」

アデルはほっとしたようだった。「あたしよ。でもこれからはあなたの仕事ですからね」

わたしは思い切って尋ねた。「なぜみんな、ミセス・ヒルはすこし頭がおかしいと言うんだ」

「知るもんですか」

「でもみんなそうだろう？」

「みんなが何ですって？」

「あの人はちょっとおかしいと言ってる」

「聞いたことはあるけど」

「きみはどう思う」

アデルが手をぬぐっていると、流しの上の呼び鈴が鳴った。「完璧な人間なんていないわ。みんなすこしおかしいところがあるのよ。それに、もしあたしがミセス・ヒルと同じくらいたくさんお金を持ってたら、あたしだって好きなことを言われるに決まってるわ」

「ミスター・ヒルはかなりの金を残したのか？」

アデルは戸口で振り返ってわたしに叫んだ。「どうかしらね。新聞に書いてあったけど、税金を持って行かれたあとも、ミセス・ヒルが残りの人生でしなきゃならないことは、債券の利札を切り取るだけだそうよ」

アデルはミセス・ヒルに用件を訊きにいった。わたしは地下室へ通ずるドアを見つけ、木の階段をおりた。そこにあるのはかなりの年代物だった。隅に洗い桶と乾燥室があり、その反対側には満杯の石炭入れと巨大な石炭焚き温水ボイラーがあった。火室のドアをあけてなかをのぞくと、いい火床ができているようだった。ドアを閉めて温度制御用のダイヤルと計器を観察した。扱いは容易ではなさそうだった。ボイラーを扱うことになるなら、アデルに教わらねばならないだろう。

地下室のドアには錠とかんぬきがかけられていた。わたしはドアをあけて短い石造りの階段をのぼり、コンクリートの通路に出た。日中に外から見ると、石を積みあげただけの建物は、屋敷というよりむしろ要塞のようだった。あの女は何を怯えているのだろうか。ひとつだけたしかなことがある。玄関から来ないかぎり、だれも屋敷にははいれない。

さわやかな冷たい空気が心地よかった。わたしは改装した馬車小屋の扉をあけ、停車帯まで車を動かした。車体の表面にくもったところが三、四ヵ所あった。作業台でワックスの缶を探したところ、清潔なぼろ切れの小山の上で見つけた。缶をあけて、くもっている箇所を磨きながら、することができてほっとしていた。

さて、他人にはうかがい知れない理由から、ミセス・ヒルは明らかだった目的から軌道を変えた。最後に見たとき、あの裏の通路のように冷ややかだったことを思い出して、わたしはまた汗をかきはじめた。あの太鼓腹のニールソンならこう言うかもしれない。〝神は男と女に創造された〟彼女は女で、わたしは男だ。多少時間はかかるかもしれないが、近くにいることと、こちらに好意を持っているのは明らかなことがわたしに味方している。わたしはまた希望を持ちはじめた。金、それも大金が、好きなところに行けるだけの金があれば、キャスから逃げられるかもしれない。

隣の中古車置き場の裏には小さな木造の事務所があった。そこから店員がひとり出てきてこちらを見た。すると、トップコートの襟を立てながら、わたしがキャデラックにワックスをかけているところまでやってきた。

「あんた、新顔かい？」

わたしはきょうが初仕事だと答えた。

店員は煙草を差し出した。「そうか。それが知りたかったんだ。あんたを見たとき、ちょっとばかり驚いたんでな。だれだってここには人が住んでないと思うぜ。見かけるのはあのふたりの女だけだし、それもほとんど暗くなってからだしな」

わたしは代わりに火を差し出した。「男はあまり見かけないのか？」

店員はかぶりを振った。「あんたがはじめてさ。おれは退役してからこっち、六年間〈スマイリング・ジョン〉で車を売ってるんだがな」

わたしはいろいろと間違っていたようだ。わたしはだれの後任でもなかった。

店員は親しげに言った。「なあ、教えてくれないか」

「何を？」

「あのブロンドはほんとに頭がいかれてるのか？」

わたしはワックスがけをつづけた。「さあ。おれはきょうがはじめてだと言ったじゃないか。なぜそんなことを？そんなふうに見えるのか？」

店員は屋敷に目をやった。「ああ、このあたりの連中はそう言ってる。あの事件のせいで頭がおかしくなっちまって、そのせいであんなことがあったところに頑として住みつづけてるって話だ」

わたしは店員からもらった煙草を吸った。「事件とは？」

店員は笑った。「やれやれ。あんたほんとに何も知らないんだな。このへんに一週間もいれば、いやでも耳にはいってくるってもんさ」店員が話をつづけようとしたとき、事務所のドアがあいて別の店員が大声で呼んだ。

「おい、ジョニー、おまえがポンティアックを売ったご婦人から、また電話がはいってるぞ」

わたしの新しい友人は毒づいた。「なんとかしてくれよ。あのばあさんには便宜を図ってやったんだぜ。状態のいい四ドアの四一年型ポンティアックを――ああ、ほんとにいい状態のやつさ――四百四十五ドルで売ってやったのに、文句ばっかり言いやがって。これで今週は三度目だ」

店員は事務所へ戻っていった。わたしは仕上げを終えてワックスを片づけ、車を正面玄関へまわした。それから地下室に戻り、ドアに鍵とかんぬきをかけ、自分の部屋で一時まで待った。

クローゼットに、スラックスに合うグレーの上着がかかっていた。トップコートと帽子もあった。トップコートはややくたびれていたものの、どちらも買ったときは高かったにちがいない。

一時五分前にそれらを身に着け、部屋を出て、車のそばに立った。きっかり一時に玄関のドアが開き、ミセス・ヒルが階段をおりてきた。つややかな髪は完璧に整えられていた。念入りにほどこされた化粧。洗練された淡黄褐色のスーツの上にはムナジロテンのケープ。美しかった。たしかにこの女はいかれているかもしれない。それがどうした？

ミセス・ヒルは車を見て喜んだ。「まあ、ワックスをかけたのね、フィリップ」

わたしはドアをあけてやった。「はい、ミセス・ヒル」

車に乗りこむと、彼女は広い後部座席では小さくどこか頼りなげに見えた。わたしはドアを閉め、運転席にまわった。その車は後部に短い折りたたみ式の幌がついたランドー型で、スライド式のガラスの仕切りがついていた。後ろからわたしに話しかけるにはガラスをスライドさせるか、通話管に話しかけねばならなかった。わたしは通話管に話しかけた。冷ややかに、彼女が部屋で見せたのと同じ態度で。

「ミセス・ヒル――？」

通話管が笛のような音を立てたと同時に、ミセス・ヒルが言った。「まずは〈フィールズ〉へ行きましょう。ステート通りとランドルフ通りの角よ。どこで曲がるかは知らせるわ。主人はいつもあそこでたいていの買い物をすませていたの」

「仰せのままに、ミセス・ヒル」

わたしは私道をぐるりとまわり、北に折れてループへ向かった。日の光のもと、この界隈は昨夜よりも寂れて見えた。

ミセス・ヒルはまた通話管に話しかけた。「肌寒いけど、きょうはいい日ね、フィリップ」

わたしは同じ態度をとりつづけた。「ええ、とても、ミセス・ヒル」

「よく眠れた?」

それは言ってはならないことだった。バックミラーで互いの目が合った。

「いいえ、ミセス・ヒル」

向こうはわたしの言った意味がわかった。まるでひっぱたかれたようにたじろいだ。通話管から弱々しい声がした。


「怒らないでちょうだい、フィリップ」

「なぜわたしが怒るんです」

ミセス・ヒルは下唇を嚙んだ。「ふたりともわかってるはずよ」

「わかってるとは何を」

「なぜあなたが腹を立てているかよ。それこそが以前わたしの犯したひどい過ちだったから、こんどは間違いがないかたしかめなきゃならないの。本気だったのよ、ほんとうに。服を脱いで、一番きれいなネグリジェを着たわ。けど、いざとなったらできなかったの」

わたしはその口から言わせようとした。「そのつもりとは?」

「あなたと寝ることよ」

6

〈マーシャル・フィールズ〉に来たのはこれがはじめてだった。わたしはそのデパートが気に入った。そこは〈ブロックス・ウィルシャー〉と〈メイ・カンパニー〉がいっしょになっていた。なかには特別な売り場があり、ヒルのような階級の掛け売り客はそこで買い物をした。それはショールームというよりラウンジだった。すわり心地のいい革製の椅子に腰をおろすと、店員が商品を運んできた。

われわれは黒よりもオックスフォードグレーを選んだ。グレーのほうがわたしの瞳に似合うからだ。制服を二着、オーバーコートを一着に帽子を一個、それに白いシャツと靴。合わせて六百ドルを越えた。

ミセス・ヒルは伝票にサインした。店員は事情を心得ていた。わたしを見る目つきでそれがわかったが、そいつには関わりのないことだった。同じような仕事は何度もやっているのだろう。

わたしは売り場を出るなり制服を着た。手直しの必要はなかった。ズボンは裾を折り返さないタイプだった。ダークグレーの制服はわたしによく似合った。酔いが醒めて以来、最も安心できた。キャスもその手下も、運転手の制服を着た男を振り返って見ることはないだろう。やつらはわたしを知っている。いや、知っていると思いこんでいる。あのマーク・ハリスが、そこまで落ちぶれようとは思うまい。

エレベーターを待っているあいだに、わたしは手に入れたものを離すまいとした。「これでおれたちはわかり合えたのかな」

ミセス・ヒルはすこし息を切らしているようだった。

「そう思うわ」

「では、これからどうなる？　これからもきみをミセス・

ヒルと呼べばいいのか？　つまり、ふたりきりのときも」

彼女はまだ息を切らしていた。瞳の緑色がいっそう濃くなった。「いいえ、お願い。メイと呼んで」

わたしはその名前を口にしてみた。「メイか。可愛い名前だ」

「気に入ってくれるとうれしいわ」

「気に入ったよ」

メイは手をわたしの腕に添えた。「わたし、まちがってないわね、フィリップ」

「何を」

「そんなことが起こると思う？」

「起こるって何が」

「ひと目で恋に落ちるなんてこと」

「おれは証明できる」

「どうやって？」

「きみが救済院でタオルを渡してくれたとき、おれはそのきれいな輝く髪と緑の瞳に恋したんだ」

「酔っぱらって気分が悪くても？」

「酔っぱらって気分が悪くても」

グレーのブロードの生地にメイの爪が食いこんだ。瞳がわたしの瞳を探るようにのぞきこんだ。「本気なのね、フィリップ」

「もちろん」

メイの瞳はわたしの瞳を探りつづけていた。「いいかげんな気持ちじゃないわね？　永遠に変わらないのね？」

「永久に」

その嘘にメイは満足したようだった。

わたしは腕に添えられたメイの手に自分の手を重ねた。

「それで今夜は？」

メイは息を吸いこんだ。「いまにわかるわ」と約束した。

「いまにわかるわ」

一階で、メイはひとりで個人的な買い物をしたいが、かまわないかと尋ねた。わたしはどうぞと答えた。メイは二時間くらいかかると言った。二時間あれば、こちらも用事をすませられる。四時にランドルフ通り側の入口へ車をまわすことで話が決まったちょうどそのとき、メイと同じくらいの年頃の脚の長い女がメイの腕をつかんだ。

「メイ、ダーリン。ずいぶんひさしぶりね」

「グウェン」

「見ちがえちゃったわ、あなたほんとうにすてきよ」

ふたりは女同士がよくやるように抱き合ってキスし、それから警戒するように体を離すと、かすかに頭を反らした。互いに攻撃を仕掛けようとしている二匹の蛇さながらに。

「ありがとう。わたしも会いたかったわ、グウェン。あなたも相変わらずとてもきれいね」メイはわたしに目を向けた。「いまのところはもういいわ、フィリップ」左目でウインクしてわたしを去らせた。「四時にランドルフ通りのドアの前で」

いかれてようがそうでなかろうが、メイは愛らしかった。わたしは帽子を肩にあて、軽く腰を曲げてお辞儀した。

「はい、ミセス・ヒル。四時にランドルフ通りのドアの前で」

脚の長い女はわたしの後ろ姿を目で追っていた。抜け目なく品定めをしながら、驚いたように。わたしは寒いステート通りに出ると、車を駐車場から出そうかどうか思案した。タクシーに乗ることにした。

運転手はわたしの運転手の制服を見て笑った。「休みの日も仕事かい？」

「ちょっとちがうんじゃないか」わたしは言った。「運転するのはそっちだからな」

「行き先は？」

「ニューズかトリビューンへ。どちらでもいい」

運転手はマディソン通りのデイリー・ニューズ社ビルへ連れてきた。ちょうど川の反対側にあり、このほうが遠いからだろう。そのまま待たせて、ロビーの煙草売り場で十ドル札を一枚崩した。運転手に料金を払ったのち、エレベーターの運転係に新聞のバックナンバーは何階で見られるかと尋ねた。

「どれくらい前のものを?」運転係は尋ねた。

「十年」

運転係は「それならわれわれが〝死体置き場〟と呼んでいるところで見つかるでしょう」と言って、その階に案内した。

窓口には太った娘がすわっていた。わたしには大量の新聞に目を通している時間はなかった。その娘はあまり仕事が楽しそうではなかった。わたしは十ドル札を縦に折り、メイ・ヒル——住所はどこそこで、もとからか、あるいは一九四一年十二月以前からそこに住んでいる——に関する切り抜きをまとめて封筒に入れたものが見られないだろうかと尋ねた。

娘は上からの指示がなければファイルを見せるわけにはいかないと言った。わたしは十ドル札をもう一枚加えた。娘は金を受け取り、分厚いマニラ封筒を持ってきた。なかには新聞の切り抜きが詰まっており、ハリー・ヒル氏夫人とラベルが貼られていた。

それはたいした話だった。有名なお嬢さん学校を卒業。メイ・ジョーンズ——当時——は春に学校を卒業した同じ年の秋に、ハリー・ヒルという裕福なカーディーラーと結婚した。豪華な結婚式だった。写真はメイのものばかりで、夫のものはなかった。メイは美しい花嫁だった。結婚式や、だれがどんなパステルカラーのチュールを着ていたかについて、詳細に書かれた二ダースもの切り抜きにどうにか目を通し、ようやく目当てのものを見つけた——亡きハリー・ヒルはどうやって死んだのか。

地元のゴシップ欄から選ばれた半ダースの切り抜きは、どれも同じ話題だった。有名なループのカーディーラーの若い妻は、この冬人気のナイトクラブで、どんな悪い狼と何をしているところを目撃されたのか。その狼の名はおそらくリンク・モーガンだろう。

わたしは太った娘にリンク・モーガンのファイルを持ってきてくれと言った。娘は金を受け取って、すっかり夢中になっていた。

モーガンは大した男で、シカゴでは二流のギャングだった。用心棒の一団を率いていると言われ、グリーシー・サム・グージックやフランク・ニティやそのほかのアル・カポネ一味の後継者と目されている連中のために働いていた。わたしはモーガンの写真を子細にながめた。大柄で肉がつきはじめており、うぬぼれの強そうな男だった。ぼやけた写真からは少なくともそういう印象を受けた。多くのギャングの写真がそうであるように、モーガンの写真も襟を立てて帽子のつばをおろしたものばかりだった。それでも、その顔にはどことなく見覚えがあった。会ったことがあるか、写真を見たことがあるか。新聞の写真がもっと鮮明ならよかったのだが。

　わたしは切り抜きを何度も読み返した。メイは明らかにモーガンの情婦だった。これこそメイが自分はかつてひどい過ちを犯し、こんどはたしかめなければならないと言ったことだった。

　とはいえ、相手が野心家のモーガンでなければ、せいぜい離婚ですんだだろう。わたしはこうしたケースをいくつも扱ってきた。年上の男と結婚して性欲をもてあました若い娘の話の典型だ。ふたりの馴れ初めが書かれた記事はなかったものの、モーガンはメイに望みのものを与え、メイはモーガンに夢中になったようだ。

　わたしは読みつづけ、もうひとつの封筒に戻った。メイの夫は離婚を申し立てたが取りさげた。〈バンドルズ・フォー・ブリテン〉（ドイツ軍のロンドン空襲に苦しめられていた英国の人々のために救援物資を募ったキャンペーン）に紅茶を贈った。〈大学女性会〉の通信係に選出された——素行に問題のある少女たちのための〈グレース・チッタートン・ホーム〉に五百ドル寄付していたためだ。〈南海岸カントリークラブ〉で、一列になって踊るコンガ・ラインの先頭に立った。

　そして、一九四一年十二月十三日の土曜日、パールハーバーの六日後、モーガンは大胆な計画を立てた。組織の用心棒としての役割に満足できず、三人の不平分子——ピティ・ホワイト、ジミー・マーティン、ロイ・ベラスコ——

とともに、三十万ドルを積んだ現金輸送車を襲い、まんまと逃走したのだ。

翌朝の二時、泥酔したモーガンはヒルの家に現われ、メイに街を離れようと迫った。おそらく、ほとぼりが冷めるまで潜伏するつもりだったのだろう。運悪くヒルが目を覚まし、若い妻とその情夫であるギャングの会話を漏れ聞いた。ヒルは愚かにも銃を手に階段をおり、逆にモーガンに撃ち殺された。

パトロールカーが到着したときには、モーガンはすでに逃走し、あとに残されていたのは死んだ男と、罪を悔いて嘆き悲しむ未亡人であり、二百万から三百万ドルはあると目される財産の相続人である女だった。

二週間後、ホワイトとベラスコは捕らえられ、現金輸送車襲撃で果たした役割において、懲役一年から十年の判決がくだった。モーガンとマーティンはこれまでのところ逮捕されていないものの、噂によればモーガンの姿はマイアミやポルトープランスやメキシコシティやロサンゼルスで目撃されているという。

軽犯罪で起訴された偽名の男を弁護したことがあったが、ひょっとするとあれがモーガンだったのだろうか、とわたしは思った。だからこの顔に見覚えがあるのかもしれない。

現金輸送車から奪われた金は戻らなかった。悔い改めたミセス・ヒルは、元情夫の居場所をつきとめてシカゴに連れ戻し、夫を殺した罪で裁判を受けさせるために、できることならなんでも警察に協力した。私立探偵を雇って当局の捜査を手伝わせた。リンク・モーガンの逮捕と有罪判決につながるいかなる情報に対しても、一万ドルの褒賞金を提供すると呼びかけた。

その後、メイはおのずと社会から身を退いた。やがて板を打ちつけた家の写真が新聞に掲載され、悲しみのあまり精神が不安定になったとほのめかされるようになった。慈善や戦争のための寄付は気前よくつづけたものの、いよいよ殻に閉じこもった。ヨーロッパ戦勝記念日と対日戦勝記念日に、このひどい戦争が終わってよかったと語ったという談話が引用されていたが、どの新聞にも名前はいっさい出なかった。それ以降、一九四九年十一月まで切り抜きはなく、その短い記事には、某所に住むハリー・ヒル氏夫人が、ウエスト・マディソン通りの〈サンシャイン救済院〉の活動に積極的な経済的援助をしているらしいと書かれていた。

わたしは切り抜きをそれぞれの封筒に戻した。

「お目当てのものは見つかった?」太った娘が尋ねた。

わたしはうなずいた。「そうじゃないんだ」

「何がそうじゃないの?」

わたしは娘の顎の下をなでた。「馬鹿ばかしい話さ。どんな女性にもひとつはある。そのそもそもの目的を知ったら、きみはきっと驚くだろうな」

廊下を歩いていると、「よくご存じだこと!」と娘の声が聞こえた。

わたしは煙草に火をつけ、エレベーターを待った。これでいろんなことがわかった。この切り抜きを見れば、メイが救済院に出入りするわけや、あの板を打ちつけた屋敷や、昨夜の態度の説明がつく。長年にわたって、メイは病的な罪悪感を募らせていった。ヒルの身に起きたことに責任を感じた。実際、メイの責任だった。あの板を打ちつけた屋敷は、暗く静かで安全な子宮に戻ろうとする、張りつめた心の現われだ。

これほどまで自分を卑下することは、健全な心を持った大人にしかできない。メイ・ヒルは自らが紡いだ繭《まゆ》のなかで、しだいにじっとしていられなくなった。新しく生まれ変わり、ひとりの男への贖いとして、大勢の他人に親切にすることを思いついた。それはある程度までうまくいった。しかしメイはいまだ若い女であり、若い女の情熱と欲望に溢れていた。

わたしはもう一度タクシーに乗る代わりに、寒空のなか、歩いて橋を越えてループに戻り、車を停めている駐車場へ向かった。

〝それで今夜は——〟とわたしは尋ねた。

〝いまにわかるわ〟とメイは約束した。〝いまにわかるわ〟

耳鳴りが橋の上を通る車の轟音を掻き消した。メイが息を吸いこむ音が聞こえた。わたしの腕に置かれた手の重みを感じた。ネグリジェの下の白い体が、興奮してふくらむ豊かな胸が見えた。

マイナス十八度近くの寒さに肺が痛くなり、わたしは足取りをすこし早くした。それは寒さのためだけではなかった。

十年は長かった。

7

〈マーシャル・フィールズ〉のランドルフ通り側の入口の前へ、わたしはきっかり四時に車を乗りつけた。メイの姿はなかった。わたしはできるかぎり車を停めていた。クラクションがうるさくなりすぎたので、その周辺をまわった。三周目に姿を現わしたメイは、制服を着たドアマンにエスコートされていた。ドアマンはわたしに車を縁石へ寄せるように合図すると、メイのためにドアをあけた。

気分次第で、メイは豪奢な性悪女になれた。ドアマンをひどく汚らわしいもののように扱い、しかも相手はそれを喜んだ。ヒルと結婚する前から、メイの人生には金があったのだろう。純銀の匙を口にくわえて生まれてきたにちがいない。それは服の着こなしや顎の傾げ方や、注目されることにまるで無関心な様子に現われていた。世話をされることに慣れていた。金があることに慣れていた。

わたしはバックミラーでふたりを見ながら、メイにはまだまだわたしの知らないことがあると考えていた。その一、なぜヒルと結婚したのか。新聞の切り抜きには、ヒルは四十五歳と書かれていた。ふたりが結婚したのはメイが十八のときだ。メイはいまなおぞくぞくするほどきれいだった。すばらしい体をしていた。だが十八のときは清楚な若々しさも相まって、息を呑むほど美しかったにちがいない。

ドアマンがドアを閉め、すこしあいている前方の窓ガラスを軽くたたいた。「おい、いいぞ。車を出せ。ミセス・ヒルはもうお帰りだ」

わたしは車を発進させた。信号が変わるのを待っているとき、通話管に向かって口笛を吹いた。

メイはガラスの仕切りをあけた。うれしそうな口調で言った。「ちょっといい？　あなた、なれなれしくないかしら」

「そうさ」

メイは鼻に皺を寄せてみせた。「ただ、その口笛はどういう意味なの？」

「わからないのか？」

「そういう口笛を吹かれたことはあるけど、だれもその意味は教えてくれないの」

わたしはバックミラーに映るメイに笑いかけた。「じゃあ、教えてやるよ」

「なんなの？」

「おれたちのような庶民は狼の口笛と呼んでるんだ。狼語から意訳すると〝お嬢さん、なんとお美しい〟って意味さ」

メイは喜んだ。「つぎのブロックで車を停めて、フィリップ。図書館の前に」

「どうして」

「前にすわりたいからよ。後ろにいるのが馬鹿らしくなってきたの」

わたしは図書館の前のバス専用区域に車を停め、ドアをあけてやった。メイは隣に乗りこむと、できるだけわたしのそばにすわった。

「ほら。このほうがいいわ」メイは微笑んだ。手袋をはめた手をわたしの脚に置き、腿を揉みはじめた。

わたしはその手を彼女の膝に戻した。「だめだ」

「どうして？」

「それをつづければ、いまここにすわっているのと同じくらい確実に、よくしゃべる検事が陪審にまくしたてるのを裁判所で聞かされるはめになるからさ。曰く、〝ここで明らかにしたいのは、フィリップ・トマスとメイ・ヒルが、西暦一九五二年十一月七日、夕暮れどきのシカゴで、当時結婚してなかったにもかかわらず、その場で、おおっぴらに、恥ずべきことに、破廉恥にも、いかがわしく、淫らに、姦淫していたことです。中部標準時午後四時五分ごろ、シカゴ市立図書館の前で〟。要するに、屋敷へ帰るまで待とう」

メイはおもしろいと思わなかった。口をへの字に曲げた。わたしはしゃべりすぎたと後悔した。「すまない。驚かせるつもりはなかったんだ」

「驚いたんじゃないわ」緑の瞳がわたしの顔を探るように見た。「ただ、あなたの言葉づかいが気になったの」

「言葉づかい？」

「あなたは公認会計士だと思ってたわ」

「そのとおりだ」

「でもそうは聞こえなかった」

「どう聞こえた？」

「弁護士よ。本物の。裁判所でそういった弁論をしている弁護士」

玉のような汗が顔に浮かび、脇腹にもゆっくりと伝い落ちた。顔を手でなでたかったが、その勇気はなかった。わたしは作り笑いを浮かべた。「馬鹿なことを。弁護士の話し方ってものをいろいろ聞いたことがあるから、試しにやってみただけさ」

メイの瞳はなおもわたしの顔を探りつづけていた。「それはたしかなの?」

「ああ」

「ほんとうのことを話してるのね、フィリップ」

「もちろん」

「あなたは自分で言ったとおりの人なのね?」

わたしは運転席側のドアをあけた。「わかった。つまり、おれが嘘をついてると思ってるわけだな。それならここから歩いて救済院へ戻ってもかまわないが」

メイはわたしの腕をつかんだ。小さい声で言った。「やめて。お願い」

わたしはドアを閉めた。「わかった。けど、なぜこんな些細なことにそれほど深刻になるんだ」

「わたしにとっては深刻なことだからよ」声は小さいままだった。「あなたはわたしのことを何も知らないのよ、フィリップ。いつか話すわ。いま言えるのは、わたしはとても不幸せだったってことだけ。ずっと何年も、死ねたらいいのにって思ってたわ。死にたかった。でもいま、わたしはもう一度生き返ろうとしていて、うまく事が運んで欲しいと思ってる。あなたが現われるまで、わたしは麻酔で眠りつづけていたようなものだったわ」メイは身を乗りだして、唇をわたしの唇に軽くふれさせた。「やさしく目覚めさせて、フィリップ」

やさしく目覚めさせて、フィリップ。

クラクションが鳴り、警官がこちらに向かって笛を吹いているのに気がついた。蒸気でくもった窓をあけた。わたしはバスの長い列をさえぎっていた。交差点の角に立っている交通係の警官が、真っ赤になって車を動かせと笛を吹いていた。わたしはアクセルを踏んで勢いよく走りだし、車の流れにはいった。すると右に曲がってミシガン行きの車線にはいるつもりがちがう車線にはいってしまい、ドライヴ通りを急いで横切らねばならなかった。

メイが笑い、緊張は消えた。「みんなわたしのせいね。あんなにむきになるんじゃなかったわ。アウター・ドライヴにはいって、フィル」ふたたび手をわたしの腿に置いた。

「帰る前にしばらく車を停めましょう」

上出来だ。失態はなんとかごまかせた。メイはわたしをフィルと呼んだ。帰る前に車を停めたがっている。

アウター・ドライヴは寒く、気温はマイナス十八度かそれ以下だっただろう。風は肌を突き刺すようだった。打ち寄せる波は暗い灰色に見えた。大波がゆっくりと砕けるさまは、水というより糖蜜さながらだった。ひとつ砕けるたびにしぶきが岩の防波堤にかかり、新しい氷の層ができた。暖房を最強にしていても、わたしは寒かった。そのとき、窓があいたままだったことに気づいた。窓を閉めて、ドーム型の建物からさほど離れていないところに車を停めた。あれはプラネタリウムだとメイは言った。

蒸気で窓がくもった。まるでふたりだけの小さな白い世界にいるかのように、居心地のいい空間はメイの香水のにおいで満たされた。わたしの声は緊張しているようだった。

「さあ、停めたぞ」

メイはわたしにおざなりなキスをした。「あなたにキスしたかっただけなの」学校に遅刻した言いわけをしている子供のような口調だった。「だって、昨夜みたいに振る舞うのは、とってもつらかったわ。あなたからもキスして欲しかったの」

わたしはメイの目にキスした。そしてその体に片手をまわしながら、ムナジロテンのケープを払いのけて、救済院でそれに見とれたときからやりたかったことをやりはじめた。

メイは息を呑み、それを包んでいるわたしの手に自分の手を重ねた。「ああ、大変。わたしったら忘れてたわ」

わたしはなおさら忘れさせようとした。メイは忘れさせられる前にわたしをとめた。

「だめ。ここじゃいやよ、フィル。お願い」

「どうして」

「明るすぎるし、そばを通る車が多すぎるわ」

「だれにも見えやしない」

「いいえ。それは見えないかもしれないけど。でも――」

「でも？」

「あなたがわたしにさわったあとどうなるかはきっとわかるわ」メイはわたしの腕から逃れて体をすこし離した。唇が情欲で緩んでいた。

「どうなるんだ」

メイは息を吸いこんだ。「わかってるはずよ。わたしはそれを美しいものにしたいの」わたしの腕のなかに戻ってきた。「今夜。家でふたりだけになったときに」

「アデルはどうする」

「わたしが追い払っておくわ。ときどきそうしているように、姉のところにでも行くでしょう。そうすれば一晩じゅういっしょにいられるわ」

「本気なのか？」

メイはわたしにキスした。最初はそっと、そしてしだいに激しさを増して。左手がわたしの腿を揉んだ。舌がわたしの唇をこじあけた。言葉がわたしの口のなかでくぐもった。「どう思う？」

「屋敷に帰ったほうがよさそうだな」

「やさしくしてくれるわね、フィリップ」

「できるだけやさしくするよ」

「いいかげんな気持ちじゃないわね？　お店で言っていたように。永遠に」

「ああ。もちろん」

メイは舌でわたしの唇をなぞり、また逆になぞった。

「じゃあ、どうして訊かないの？」

「何を」

「結婚してくれないかって」

「きみはウエスト・マディソン通りの救済院で会った男と結婚するのか？」

「それはあなたの男としての価値をさげるものなの？」

「知り合ってから四十八時間しかたっていない男と？」

メイは頭を後ろに引いた。いまにも泣きだしそうに唇が開いた。まるで自分は血のかよった人間だと訴える子供のような口調だった。「わたしと結婚したくないの？　フィリップ」

「もちろんしたいさ」とわたしは言おうとした。だができなかった。なぜなのかと考え、そして気づいた。わたしはまだ、完璧な悪党でいることになじんでいなかった。わたしは手を抜いていた。ごまかしていた。嘘をついていた。それでも、マリアを殺したあの夜までは、つねに自分の行動を正当化できた。わたしがやっていたことは、依頼人の利益になることだった。結婚している男はみんなごまかしていた。男とは一夫多妻性の生き物なのだ。だれもが罪のない嘘をついた。マリアを殺したあの夜までは。すべてがあそこで終わった。わたしが知っていた生活は何もかも。こんな生活はまったくはじめてだった。わたしはマーク・ハリスですらない。トマスという名の間抜け野郎、サンチーノ都市高速鉄道の列車を避けることすらできなかった、田舎者の公認会計士だ。

わたしはケープをまた払いのけて顔をうずめた。メイについて考えた。わたしが求めればメイはわたしのものになる。しかし、メイは一度ひどく傷ついている。わたしはまた傷つけてしまうだろう。いずれわたしが嘘をついたことを知ってしまうだろう。わたしはお尋ね者だと、妻を殺した男だということを。たとえ夫としてメイの金で逃亡するとしても、なんの説明もなしに国から国へ引きずりまわすことはできない。

メイの肌の香りに興奮して、息苦しくなった。閉めた窓がごつごつした岩に打ち寄せる波の音を和らげ、リズミカルなドラムの音のように聞こえた。目がひりひりし、砂がはいったようにざらついた。頭が痛かった。わたしはセックスができるような状態ではなかった。救済院や五週間の酩酊から、まだ四十八時間もたっていなかった。神経は震えている針金さながらに、いまにもぽきんと折れそうなほど張りつめていた。いまなお隠れたい、キャスから隠れなければと、息もつけないような心地だった。窓を一インチあけたがすぐに後悔した。風の音がまるでマリアの声のように聞こえた。
〝だめよ、マーク〟と風はささやいた。〝この娘《こ》にそんなことをしちゃだめ。そうしなきゃならないなら寝てもいい。必要なら体を手に入れてもいい。でもそれ以上その娘の人生をめちゃめちゃにしてはだめ。結婚しちゃだめよ、マーク。その娘を引きずりまわさないで。キャスもわたしを愛してたわ。あなたはキャスから逃げられるほど遠くまで行けないし、速くも走れない。キャスはあなたが死んでいないことを知ってる。あなたが死んでいないことを知ってるわ。あなたはとても頭が切れて、狡猾なことも。いずれあなたを見つけるわ〟

　車のなかは暑すぎた。わたしはまた汗をかきはじめた。口で息をしていることに気づいた。情欲のためではなく、恐怖のために。わたしはまた頭のなかで逃避した。走って、走って、走った。猟師から逃げつづける疲れた狐のように。猟師はいつまでも追ってくるし、敗北を認めることもない。馬具室の壁にわたしの尾を打ちつけるまでは。

〝あいつをよろしく頼むぜ、マーク〟とキャスは言った。

　わたしは顔をあげてメイの目にキスした。涙がこぼれていた。頬がしょっぱかった。メイの瞳は、苦痛と情熱と欲望をたたえた緑色の水たまりだった。濃い緑色の水たまり。男を隠せるほど深い水たまり――酔った勢いで愛する女を殺したような男でも。そのうえ、メイは金を持っている。大金を。

　メイはわたしの左手を自分に引き寄せ、わたしは規則正しい心臓の鼓動を感じた。メイは唇を震わせながら、濡れた瞳でわたしの顔を探るように見た。

「わたしと結婚したくないの？　フィル」

「もちろんしたいさ」わたしは嘘をついた。メイは傷つくだろう。キャスに見つかればわたしは死ぬだろう。それは不快な死に方で。どこぞの歩道を、あたり一面に汚しながら。わたしは喉にせりあがってくるものを飲みくだした。

「いいかい、メイ――」

「ええ――」

「もしおれがためらっているように見えたとしたら——」メイはわたしの手を押しつけた。「見えたとしたら？」わたしはできるかぎり大げさに言った。「それはおれにとって重要なことだから、これまでの人生で、きみと結婚したいということほど、強く望んだものはなかったからさ」

メイは目から涙を振り払った。愛らしい唇の震えがとまり、口もとがほころんだ。「うれしいわ」メイはささやいた。「ほんとにうれしい。あたしにとっても何より大切なことだったの。もう一度人生をやり直しましょう——ふたりで」わたしたちは長いキスをした。そしてメイはブラウスの前を引きあげてケープの留め金をかけた。「さあ、家へ連れてかえって。お願い。ふたりして車のなかで馬鹿なことをはじめないうちに」

迫りつつある夕闇のなかで、アウター・ドライヴの信号に暈《かさ》がかかっていた。屋敷に着くとほぼ真っ暗になっていた。周辺はさらに寂れて見えた。板を打ちつけた三階建ての石の建物に、わたしは気が滅入った。その古めかしい切妻と頂塔とスレート葺きの屋根のせいで、家というよりむしろ牢獄のように見えた。こんなところに長くはいられない。そのつもりもなかった。わたしは私道に車を停めたとき、なぜ窓に板を打ちつけたのかとメイに尋ねた。

「世間を締め出すためよ」とメイは言った。「でも、もうどうでもいいわ。結婚したら一からやり直しましょう」

「どこで？」

「あなたが望むところならどこでも」

「シカゴを離れてもかまわないのか？」

「そうしたいわ」

それは好都合だった。わたしはメイを屋敷の前でおろし、暗い私道を通って改装した馬車小屋へ向かった。そのとき、ヘッドライトが中古車置き場の隅に立っている男の輪郭を浮かびあがらせた。逃げている感覚がよみがえった。喉にこみあげてくるものが大きすぎて、飲みくだすことができない。木造の事務所は暗かった。その男が何者であれ、店員のひとりではない。

わたしはコンクリートの停車帯に車を停めた。どうにかドアをあけ、ヘッドライトの光のなかを、中古車置き場の隅に向かっていった。

「おい、おまえ」わたしは叫んだ。

その男はまだこちらを見ていた。わたしは男から五フィートも離れていないところで立ち止まり、安堵のため息をついた。その男が何者であれ、キャスの手下ではなかった。男の帽子はきたならしいフェルトの塊だった。背広はすりきれてみすぼらしかった。ぼさぼさの白髪が襟にかかっていた。オーバーコートは着ておらず、唇は寒さで紫色になっていた。ギャングというより浮浪者のようだった。

喉につかえていた塊が消えた。「なんのつもりだ」わたしは尋ねた。「そこで何してるんだ、あんた」

手袋をはめていない両手は寒さに震えていた。咳きこんで痩せた体が折れた。皺のある顔がいまにも泣きだしそうにゆがんだ。「この悪党め」男は口を開いた。「このくそったれ」震えるこぶしをあげ、こちらに足を踏みだしたが、気が変わったらしく後ろに二歩さがった。

わたしは言った。「質問に答えろ」

答える代わりに男は深く息を吸いこみ、横ざまに車のあいだへ逃げこんで、闇のなかに消えた。

わたしはあとを追って中古車置き場にはいったが、そこで考え直した。外は寒かった。どうせただの飲んだくれの浮浪者だ。風を避けるためにセダンで寝ようとしたところ、車のヘッドライトに驚いたのだろう。わたしには関係ない。ここはわたしのものではない。

わたしは車をしまって車庫の扉に鍵をかけた。それからメイに渡されたキーリングについている鍵を探して、地下室のドアの鍵をあけた。暗い地下室は暖かく、心地よかった。わたしはドアに鍵をかけた。

そして階段をのぼり、愛しい女のもとへ向かった。

8

台所は地下室よりも暖かく、いいにおいがした。アデルがこんろでせわしく働いていた。肩越しにこちらを見た。

「服を着替えたければどうぞ。夕食はあと十分はかかるわ」

わたしは白いテーブルに目をやった。「ここで食べるのか？」

アデルは薄ら笑いを浮かべた。「いいえ。あなたはダイニングルームでミセス・ヒルといっしょよ。どうやら昇進したみたいね」

わたしはその言い方が気に入らなかった。薄ら笑いも気に入らなかった。自分が男妾になったような気がした。アデルをひっぱたいてその薄ら笑いを口もとから消したかった。だがしなかった。わたしは部屋へ戻った。

中身がまだ四分の三残っている一パイント瓶が、置いたままの場所にあった。キャップをあけてひと口飲み、ダブルのオーバーコートを着たままベッドに腰をおろした。

何に着替えろと？　グレーのフランネルのスラックスとガウンにか？　わたしは立ちあがり、クローゼットのなかを見た。ダブルのタキシードがハンガーにかかっていた。メイは中途半端というものを知らないようだ。いったんヒルの後釜を選んだら、とことんやるつもりらしい。ヒルのパジャマも着せたがるのだろうか。それともパジャマなど必要ないかもしれない。

わたしはオーバーコートと背広の上着をクローゼットにかけて、もうひと口飲んだ。忘れてはならないことがあった気がする。あの切り抜きで読んだ何か。なんだったか思い出せない。あまりにも多くのことがめまぐるしく起こっていた。頭にはまだ霞がかかっていた。救済院や、記憶にない五週間の恐怖の逃避行から、まだ間もなかった。それに、わたしはもはや考える頭を持ってなかった。天才青年は死んだ。わたしはもうマーク・ハリスではない。フィル・トマス、ジョージア州アトランタ出身の間抜けな公認会計士だ。

板が打ちつけられた部屋は暑すぎた。わたしは気が滅入った。上げ下げ窓をあけて板を調べた。新しかったころは木製の窓枠にしっかり釘で打ちつけられていたのだろう。いまでは板のあいだに隙間ができていた。そのうえ、板は長年の暑さと寒さのために縮んでいた。釘のまわりは腐っていた。わたしは片足をあげて、下のほうの板を二枚蹴った。一方の端がはがれ、冷たい空気が一気に流れこんだ。

それを胸いっぱいに吸いこみながら、外の中古車置き場に目をやった。わたしに毒づいた浮浪者は消えたか、車のどれかに潜りこんでいた。

わたしはウイスキーを飲み干すと、ひげを剃り、タキシードに合うズボンをはいた。ドレッサーの上に、ひだ飾りのあるシャツがあった。黒蝶貝の飾りボタンつきだ。着替えを終えると、鏡に映る自分の姿をながめた。この二カ月あまりのあいだではじめて、わたしはマーク・ハリスらしく見えた。わたしはぎょっとした。空き瓶をすすったのち、ほかに飲むものを捜して、長い廊下を進んで居間へ向かった。

古い屋敷が激しい風に吹かれて、またわたしに話しかけていた。軋んだり、唸ったりした。声が聞こえたような気がした。女の笑い声を聞いたとすら思った。何かをやたらとおもしろがっている、売春婦の淫らな笑い声。わたしは台所に戻り、二階の部屋は貸しているのかとアデルに尋ねた。

アデルは薄ら笑いを浮かべた。「馬鹿ばかしい。ミセス・ヒルにはお金があるのに、なぜ部屋を貸さなきゃならないの？」

もっともだ。

アデルは目にかかった髪を手の甲で払いのけた。「なぜそんなことを？」

「声が聞こえた気がしたんだ」

アデルは食事の支度に戻った。「ああ。あたしだって何度も聞いてるわ。でもたいてい風とかミセス・ヒルの部屋のラジオとか、そういったものよ。だれもここにははいって来られないわ」

「空き巣に狙われたことは？」

アデルはかぶりを振った。「ないわ。窓に板を打ちつけてるのはそのためでもあるのよ。年々この界隈は物騒になってるから」アデルは期待するようにわたしを見た。「いまならミセス・ヒルは引っ越すかもね」

「そうだな」と言って、わたしは来た道を引き返した。ひとつだけたしかなことがある。メイと結婚したらすぐ、シカゴをただちに離れようと説得しよう。シカゴから遠ざかれば遠ざかるほど、安心感が増すだろう。わたしがふたたび安心感を覚えることがあればの話だが。

広々とした玄関広間で足をとめて、カーペットを敷いた階段を見あげた。あの切り抜きによれば、メイとその情夫であるギャングが広間で言い争っていたとき、ヒルが階段からおりてきた。質疑応答形式で書かれた検死審問の様子を思い出すと、メイは検死官に巧みに誘導されて証言していた。

検死官　では、検死陪審に話してください、ミセス・ヒル。

ミセス・ヒル　はい。

検死官　問題の夜――というより十二月十四日の朝、リンク・モーガンがやってきたのは正確には何時でしたか。

ミセス・ヒル　朝の二時頃でした。

検死官　モーガンは酒気を帯びていましたか？

ミセス・ヒル　はい。

検死官　あなたの家へ何をしに来たんですか。

ミセス・ヒル　仲間と三十万ドルを積んだ現金輸送車を襲ったので街を離れなきゃならない、だからいっしょに来てくれと言いました。
検死官　なぜあなたを連れていこうとしたんですか。
ミセス・ヒル　（泣きじゃくりながら）わたしは彼の愛人だったんです。
検死官　わかりました。それであなたの答えは？
ミセス・ヒル　断わりました。主人とよりを戻したことを告げて、あなた（モーガン）の愛人になるなんてどんなに自分が馬鹿なことをしていたか気がついた、もう二度と会いたくないと言いました。
検死官　モーガンはなんと言いましたか。
ミセス・ヒル　わたしを罵りました。裏切り者、尻軽のあばずれと呼びました。それからわたしをひどく殴ったので、わたしは悲鳴をあげ、ハリーがそれを聞きつけて階段をおりてきました。
検死官　ハリーとはあなたの夫のミスター・ハリー・ヒルですか？
ミセス・ヒル　はい。
検死官　それからどうなりました？
ミセス・ヒル　ハリーは激怒しました。リンクに出ていけと命じました。銃を持っていて、出ていかないと撃つと言いました。
検死官　それから？
ミセス・ヒル　（泣きじゃくりながら）リンクがコートのポケット越しにハリーを撃ちました。三発。ハリーは腕をあげることもできませんでした。
検死官　それから？
ミセス・ヒル　（泣きじゃくりながら）リンクがわたしのネグリジェとナイトガウンを引きはがして、無理やり関係を持とうとしました。その場で。広間で。階段で。
検死官　あなたは抵抗しましたか？
ミセス・ヒル　はい。
検死官　愛人だったのに？
ミセス・ヒル　はい。わたしは自分のしたことを恥じていました。主人に忠実でいたかったんです。けれどリンクはわたしを蹂躙しました。わたしの顔や体を殴りました。
検死官　しかし暴行されているあいだの意識はあったんですね？
ミセス・ヒル　（泣きじゃくりながら）一部だけです、たぶん。というのも、立ちあがったとき彼の姿はなく、ハリーは亡くなっていましたから。
検死官　警察に通報しましたか？
ミセス・ヒル　ただちに。
検死官　それ以来、リンク・モーガンには会ってないんですか？
ミセス・ヒル　はい。
検死官　では、あとひとつだけ質問があります、ミセス・ヒル。
ミセス・ヒル　はい。
検死官　あなたは自ら進んでリンク・モーガンの愛人になったことを認めましたね。いまはモーガンに対してどういう感情をいだいていますか。
ミセス・ヒル　（泣きじゃくりながら）憎んでます。警察が彼を捕らえて電気椅子送りにしてくれることを願ってます。そのために一万ドルの褒賞金を出すと呼びかけました。

わたしにとってはありきたりのつまらない話だったが、育ちのいい十八の娘にとってはひどいショックだったろう。唯一犯した罪といえば、情欲が激しすぎただけだ。メイがわれわれの愛を美しいものにしたいと考えるのも無理はない。かつてひどい過ちを犯したことを認め、こんどは間違いがないかたしかめたいと考えるのも当然だろう。

わたしは煙草に火をつけた。セックスがらみの殺人事件が客間の話題になることはほとんどない。そして新聞は上っ面をなでただけだ。紫煙のたちこめる部屋で、メイが何時間リンク・モーガンとの情事についてきわめて私的なことまで事細かに語ったかはだれも知らない。刑事たちの一団が、まるで自分が体験しているかのようなスリルを味わいながらそれを楽しんだことも。

わたしは広間にたたずんでいた。ヒルが死に、リンク・モーガンがメイを凌辱したところに。広幅織りのカーペットに、かすかな血痕が見えた。あるいは見えたような気がした。事実を知ったいま、なぜメイが屋敷に板を打ちつけて引きこもったのか、そのわけは容易に理解できる。メイの罪はわたしのそれと同じくらい重い。メイが自分のベッドのなかのもので満足していれば、悲劇は起きなかっただろう。そしてこの十年間というもの、メイにはだれもいなかった。股間に痛みが戻った。手のひらがじっとり汗ばんだ。わたしは階段を見ないようにしながら居間にはいった。

リカー・キャビネットはすぐに見つかった。埃をかぶった瓶がぎっしりと並んでおり、ヒルが死んだときから動かされた形跡はなかった。わたしはライ・ウイスキーの埃を吹き飛ばして封を切った。ヒルは服と同様にウイスキーの趣味もよかった。わたしはヒルの食べ物を食い、ヒルのウイスキーを飲んだ。いまはヒルのタキシードを着ている。残るはヒルの妻だけだ。わたしと、リンク・モーガンという名のギャング。ふと、モーガンはどこへ逃げたのだろうと思った。知りたかった。モーガンが気になるわけではない。安全な隠れ場所が欲しかった。モーガンは十年もうまく身を隠していた。殺人を犯しながら、まんまと逃げおおせていた。

ウイスキーをキャビネットに戻し、また広間に戻った。十分がたっていたが、階段の先のドアは閉ざされたままだった。メイはまだわたしのために美しく装っている。風呂にはいり、体にパウダーをつけている。乳房の下と耳の後ろに香水をつけている。一番薄い生地のネグリジェと、きれいなドレスを選んでいる。そう考えるとおかしかった。女というやつは。男のために何時間もかけて装うが、男の望みはそれを脱がすことだけだ。

テーブルに置かれた銀の盆に、封をあけた手紙の束が載っていた。手持ちぶさただったので、それをぱらぱらとめくった。シカゴの消印のある一通の手紙に目がとまった。以前その会社と仕事をしたことがあった。評判のいいシカゴの会社で、調査を専門にしていた。リンク・モーガンの捜査で警察に協力するために、メイがかなりの金を使ったのもここだ。わたしは封筒から中身を取り出した。宛名はミセス・ヒルで、内容はフィル・トマスに関するものだった。

わたしは冷たい汗を顔からぬぐった。そのとき、何も問題はないことを思い出した。わたしは慎重にあの名前を選んだ。トマスはわたしの依頼人だったが、いまやハリー・ヒルやマリアと同様に死んでいる。そしてわたしがフィリップ・トマスだ。

探偵社の報告にはつぎのように書かれていた。

フィリップ・トマス――犯罪歴なし。

出生地――ジョージア州アトランタ、一九一七年――地方集配路線一、三二五号

家系――小規模農家

学歴――ジョージア工科大学（働きながら卒業）

職業――公認会計士

結婚歴――グレース・アムリングと結婚（一九四二年六月十二日、コッブ郡裁判所に記録）

残りの報告書はさほど詳しくなかった。ピードモント・パーク地区に復員兵向けの家を所有していたことが記されていた。隣人によると、トマスは真面目で勤勉な人物だったが、妻は夫を置き去りにしてその親友と逃げ、噂では共同口座の貯金をそっくり持っていった。そのふたりが交通事故で死亡したという知らせに、トマスは完全に打ちのめされた。大量に酒を飲みはじめた。仕事をひとつ失い、ふたつ失い、やがてアトランタを離れた。それ以来、国中を転々としていたことが報告されていますが、アトランタの連絡員は現在の居場所を突きとめられませんでした。もし

ミセス・ヒルが調査の継続をお望みなら、喜んで専従の調査員を投入いたします。

　あの死んだ間抜けが嘘をついていなかったことに、わたしは安堵した。報告書を封筒に戻して、借り物のタキシードのポケットに入れた。

　メイに部屋から出てきて欲しかった。わたしはまた、落ち着きをなくしはじめた。古い屋敷は話しつづけた。風は軒先で音を立てつづけ、板の打ちつけられた窓を軽くたたいた。これほど悲しくなったのははじめてだった。何もかも起こらなければどんなによかっただろう。ベネディクト・キャニオンの部屋で、マリアが夕食におりてくるのを待っていたかった。弁護士資格は剥奪されただろう。サンクエンティンで数年間過ごすことになったかもしれない。だが出所したとき、マリアは生きていたはずだ。わたしはまだマーク・ハリスでいられた。それがいまやわたしに残されたのは、恐怖といちずなブロンド女だけだ。

　そう考えただけで興奮した。わたしはダイニングルームへ向かった。テーブルにはふたり分の用意がされていた。テーブルクロスはレースだった。テーブルの両端には銀製の五叉の枝つき燭台が置かれていた。わたしは蠟燭の揺らめく炎に目を奪われた。五足す五は十。十は場の目だ（クラップスというゲームで、最初にふたつのさいころを振ったときの目の合計が四、五、六、八、九、十のいずれかが出ると「場の目」となる）。これは前触れだろうか？

　アデルがテーブルの様子を見にやってきた。黒いシルクのドレスに着替え、スタイルのいい体の線がはっきりと出ていた。小ぶりの白いエプロンと、髪に白いレースのリボンをつけていた。何もかもがまるで映画のセットのようだった。わたしは天才青年で法外な報酬を稼いでいたが、これほどの暮らしはしたことがなかった。これこそ本物の上流階級だった。代々に伝わる富。途方もない金。銀行に、二百万から三百万ドル。もし死ななければその金はわたしのものだ。もしくは、いずれわたしのものになる。

　アデルはかりかりしていた。「ミセス・ヒルはいったいどうしちゃったのかしら。彼女が十分と言えば、いつもはかならず十分って意味なのに」

わたしは様子を見てきたほうがいいかと尋ねた。

アデルはそれをおもしろがった。「いいえ、そうは思わないわ」

わたしはその顔に浮かんだ薄ら笑いが気に食わなかった。何がそんなにおかしいのか知りたかった。最初は昨夜わたしの部屋で。そしていま。煙草の火を消し、広間に戻ると、ちょうどそのとき階段の先のドアがあいた。

思ったとおり、メイはわたしのために美しく装っていた。もはや罪を悔やみ、心にやましさを抱えて十年間眠っていた未亡人ではなかった。欲しいものを知っている美しい女。そしてその女が望んでいるものはわたしだった。

メイがゆっくりと階段をおりてくると、白いイブニングガウンの長い裾から、小ぶりの金のサンダルがまるで金メッキの鼠のようにのぞいた。途中までおりたとき声が聞こえ、わたしの耳をそっとなでた。

「とてもハンサムよ、フィリップ。タキシードを着たらきっとよく似合うはずだって思ってたの」

「ありがとう」

メイは髪を後ろにとかし、シニョンにまとめていた。肩を出したイブニングガウンは胸もとが大きくあいていた。メイの態度には新しい自信があった。香水も変えていた。もはやほのめかしではなかった。あからさまに誘っていた。

わたしはメイの手を取った。「きみもとてもきれいだ、メイ」

メイは息を吸いこみ、互いに両手を重ね合わせた。「ありがとう、フィリップ」

わたしはメイの鼻の頭にキスした。「ひとつだけ訊きたいことがある」

「何かしら」

「食事はしなきゃならないのか?」

メイは体を押しつけてきた。「残念だけど」

「で、そのあとは?」

「もう言ったじゃない」

「もう一度言ってくれ」

メイはわたしの頭の後ろで指を組み合わせ、わたしの口のなかにささやいた。「見せてあげるわ」

わたしが狂おしいほどメイを求めているのと同じくらい、メイもわたしを求めていた。メイが欲しかった。いますぐ。

「食事なんてくそくらえだ」

メイの瞳の緑色が濃くなった。腕がわたしの首のまわりできつく締まった。「あなたの好きにして、フィル」

わたしはメイを抱きあげ、階段をのぼりはじめた。

「だめ。そっちじゃないわ」メイはあえいだ。「あなたの部屋にして」

わたしは階段の途中で向きを変えた。アデルが戸口に立っており、そのきれいな顔はまったくの無表情で、目はさりげなく階段からそらしていた。

メイはどうにか息を整えた。「なんなの、アデル」

アデルはまだ宙を見つめていた。「夕食の用意ができました、ミセス・ヒル」

「ああ」メイは言った。「夕食ね」

9

　メイは食べるよりも飲んだ。スープとサラダにはよく冷えたソーテルヌを、アントレには上等のブルゴーニュをあわせた。アントレのアデル製牛ヒレ肉のシャンパーニュ風《フィレ・ドゥ・ブフ・シャンプノワ》はすこし焦げていた。

　料理は申し分なかった。焦燥感をいったんやりすごすと、わたしは食事を楽しんだ。かつてマーク・ハリスだった男はフィル・トマスを笑った。トマスは大間抜けだ。急いてはことをし損じる。それは危険なことでもあった。わたしはなんとか論理的に考えようとした。メイはわたしをウエスト・マディソン通りの救済院から選んだ。ところが、わたしはまだマーク・ハリスだった。そしてメイはほかの女のひとりにすぎない――もうすぐ三十に手が届く、ギャングの情婦だった女、金持ちのブロンド女――その死んだ亭主の金で、わたしの命は助かる。その体をつかの間利用することは、いわばついでにすぎない。ちょっとした心づけ。妻を殺した悪党へのボーナスだ。

　メイは蠟燭の光のなかで微笑んだ。「何を考えてるの、フィル」

　わたしは嘘をついた。「きみはなんてきれいなんだろうと考えてただけさ」

　メイはワインをしたたかに飲んでおり、子供のようにくすくす笑った。テーブルの下で足をわたしの足に押しつけた。「だと思ったわ」メイは鼻に皺を寄せてみせた。「ほんとうのことを言って」

　わたしはメイが聞きたがっていることを言った。「わかった。早く食事が終わって、アデルが姉さんのところへ行けばいいと思ったんだ」

　メイはいたずらっぽく微笑んだ。「あなたがそう思っていてくれればいいと思ってたの」

「なぜ？」

メイは舌で唇を濡らした。「それはたぶん、わたしがとーっても悪い女だからよ」すこし真顔になった。「わたし、安っぽくないわよね、フィル」

「どういうことだい？」

「そうね、いまわたしたちが考えていること。夕食の準備ができたってアデルが言ったとき、わたしたちがしようとしていたことよ。まだ結婚もしていないのに」

わたしはブルゴーニュをひと口飲み、それに対する答えをどうにか見つけ出した。これほど洗練さとあどけなさが同居した奇妙な生き物ははじめてだった。たったいまあの、ミセス・ヒルだったかと思うと、つぎの瞬間には十ドルのコールガールになる。もとい。百ドルのコールガールだ。何をしようが、メイには気品があった。「そんなことあるわけないだろう」わたしは安心させるように言った。「なぜそんなことを？」

メイは手をわたしの手に重ねた。「そうね、あなたがきょうの午後指摘したように、わたしたちお互いのことをほとんど知らないでしょ」

「何か問題でも？」

メイの目がかすかに開いた。「これからベッドをともにしようとしているふたりにとって、問題じゃないって言うの？」

わたしはポケットから探偵社の報告書を取り出して、メイのワイングラスの横に置いた。「いずれにせよ、おれがきみのことを知ってるよりも、きみはおれのことを知ってるだろう」

メイの頬がさっと赤らんだ。「怒ってやしないわよね、フィル。詮索されてると思った？」

「なぜ怒らなきゃならないんだ。おれには隠し事なんてないんだから」

メイはわたしの手を軽くたたきながら、以前言ったことと同じことを繰り返した。「わたしにはとても大切なことだったの。知らなきゃならなかった。こんどは間違えるわけにはいかないの」

にはいかないのよ」

「なぜそんなに？」

「この古い家に閉じこめられているのにうんざりしてるから。もう一度、世間へ出ていきたいから。旅がしたいわ。南米や、できればヨーロッパや近東にも。そしてもう一度、胸を張って生きたい。フィリップ・トマス夫人として」

わたしは理解できなかった。そう言った。

メイは唇をなめた。「わたし、悪い女だってさっき冗談を言ったでしょう、フィル。でも、ほんとにそうだったの。とっても悪い女だったのよ」

わたしは二時間かけてあの切り抜きを読んだ。その話は知っていた。たいして興味はなかった。「それで？　だれだって過ちは犯す」

「わたしのはそんなものじゃないわ」

アデルが皿をさげた。メイはスイングドアが閉まるのを待ってからつづけた。「あなたに話すのが怖いくらいよ」

「どうして」


「だって、もうわたしのことを好きじゃなくなるかもしれない」

「好きじゃなくて愛するだろう？」

「じゃあ、愛してくれなくなるかもしれない」

わたしはメイの指を握りしめた。「馬鹿なことを」

メイは心を決めた。小さな顎がわずかに上向いた。「でもあなたは知るべきだと思うの。リンク・モーガンのことを聞いたことがあるかしら、フィル」

わたしは嘘をついた。「いいや。少なくとも名前に覚えはないな。シカゴのやつかい？」

「むかしはね」

アデルがまたドアをあけ、輸入物のカマンベールとかりかりに焼いたクラッカーを運んできた。新しいグラスを用意し、こくのありそうなポートワインのデカンターをテーブルに置いた。

「ほかにご用はありますか、ミセス・ヒル」

メイはかぶりを振った。「いいえ、アデル。言っておいたたように、料理は揃ったからもうさがっていいわ」

「はい。ありがとうございます、ミセス・ヒル」

スイングドアが開き、そして閉まった。

メイはデカンターの栓をあけてグラスについだ。手がかすかに震えていた。「なんの話をしてたかしら、フィル」

「きみはリンク・モーガンを知っているかとわたしに尋ねた。わたしは知らないと答えた。それはシカゴのやつかとわたしが尋ねたら、むかしはそうだったときみが答えた」

メイは弱々しい笑みを浮かべた。「ああ。そうだったわね」

メイの前髪がひと房ほつれていた。目にその髪がかかっているせいで、やけに淫靡に見えた。わたしはまたメイが欲しくなった。何を話すつもりで、何をつづける気だとしても、さっさと終わらせて欲しかった。

メイはワインをひと口飲むと、前髪に息を吹きかけた。瞳はぼんやりとしていた。「もっと前からはじめたほうがいいわね。そうすればわかってもらえるかもしれない。あなたは子供のころお金があった？　大金のことよ、フィル」

わたしは探偵社の報告書を軽くたたいた。「知ってるだろう」

メイは微笑んだ。「ええ。あなたの家は小さな農家だった。アトランタの近くの。あなたは大学を出るために働かなきゃならなかった」ほつれた髪をピンでとめ直しながら、メイはわたしの予想が正しかったことを裏づけた。「わたしはいつだってお金がありすぎたわ。ハリーと結婚する前からよ。父がとても裕福だったの。欲しいものはなんでも買ってくれた」

これはメイの話だった。わたしは待った。

メイはむき出しの肩をすくめた。「要するに、わたしはひどく甘やかされたの。いつも欲しいものは全部持っていた。父と母が亡くなったあとも。信託基金にお金があって、ハリーが遺言執行者だったの」

「それはハリー・ヒルのことかい。きみの元夫の」

メイはうなずいた。「ええ。ハリーは父の友人だったの。だからわたしは結婚したんだと思うわ。あの人にしつこく迫られて。でもあの人との結婚は、わたしが思い描いていたものとはまるでちがったの」

わたしはつぎの演技のきっかけとなる台詞を言った。

「どんなふうに?」

「そうね、わたしはまだ十八だった。あの人は四十五だった。だからあの人はできなかったの、その、言ってることの意味はわかるわよね。ともかく、それほど頻繁には」メイはナプキンを折り、それをまた折り畳んだ。「そんなある夜、もっと若い男に出会ったの。ナイトクラブで」瞳が理解を求めていた。「若くて、ハンサムで、男らしかったわ。でもわたしと同じ階級の人じゃなかった。いい人でもなかった。つまり、仕事のことよ。でも彼は——」

「肉体的にきみを満足させることができた」

メイはまっすぐにわたしを見た。「ぶしつけな言い方をすればそういうことよ。でも、それがお互いを惹きつけたものだった。少なくとも何カ月か、わたしはそう思ってた。わたしたちの関係は熱に浮かされたようだったわ。たいていループのホテルか彼の部屋で会ったの」メイは手の甲で目を軽くこすった。「それから、わたしは自分のやっていることに気づいたの。こんなことはまちがってる、ひどい過ちだって。だから彼に会うのをやめたわ」

「〝彼〟とはリンク・モーガンのことか?」

メイはうなずいた。「ええ。彼はわたしの愛人だった。だいたい一年くらい。よく知られた殺し屋だったの。あとから聞いたかぎりではね。会うのをやめたくても、彼はわたしを放そうとしなかった。わたしを愛してるって訴えたわ。そのうち、昔からの友だちが家へ来なくなった。きょうの午後、フィールズで会った子もそうよ。ハリーはわたしと別れようとした。実際に離婚を申し立てて、わたしが二度とリンクと会わないって約束したら取りさげたわ」

メイは話しつづけた。その低い声は蠟燭の明かりと溶け合い、風は板が打ちつけられた窓をたたいた。何もかも現実ではないような気がした。まるで舞台に立ち、それぞれの役を演じながら、ラジオかテレビ番組の合図に従って話しているかのようだった。いまにもアナウンサーが割ってはいり、ビールのコマーシャルと次回の予告がはじまりそうな気がした。

〝哀れなメイはどうなるのか。メイが出会ったマーク・ハリスという男は、キャス・アンジェロから逃れるために、フィリップ・トマスになりすましていた。ふたりはベッドをともにするのか。マークはメイを満足させられるのか。ふたりはいつまで幸せでいられるのか。マークは悪党で自分は利用されただけだと、メイはいつまで気づかないのか。来週のこの時間をお楽しみに〟

その感覚は愉快なものではなかった。救済院へ一目散に戻ろうかと思うほどだった。あの問題の夜のことを、メイはどう話すつもりなのか。適当にはぐらかすのではないかと思った。だが、メイはそうしなかった。切り抜きで読んだとおりに話した。

「そして、わたしが友だちをひとり残らず失って、ハリーのほかはだれも話しかけてくれなくなったとき、リンクは最後にふたつとんでもないことをしでかしたの。パールハーバーの直後の土曜日、彼と数人の仲間が現金輸送車を襲って、大金を盗んだのよ。翌日の早朝にリンクはここへ来て、いっしょに逃げてくれって言ったわ」目には涙が浮かんでいた。それがこぼれないように、メイはかぶりを振った。

わたしはメイの手を軽くたたいた。「きみはそうしなかったのか？　つまり、いっしょに行かなかったのか？」

「ええ」緑の瞳がわたしの顔を探るように見た。「行かなかった。行けなかったわ。彼に言ったの。あなたの体に惹かれただけ、もう二度と会いたくないって」メイはしだいにテンポをあげた。「すると彼はわたしを殴ったわ。悲鳴をあげるまで。それをハリーが聞きつけて、階段をおりてきたの。ハリーはリンクを撃つと脅したわ――そして、リンクがハリーを殺したの。そのあとわたしはリンクに犯さかれたわ。あの階段で。あの広間で。今夜、あなたの腕に抱かれたあの場所で」濡れた瞳が、こちらを当惑させるほどまっすぐにわたしの瞳をのぞきこんでいた。「これでわかったでしょう。なぜわたしが確かめなきゃならないか。なぜわたしたちの愛を美しいものにしたかったか」

わたしが言うことは何もなさそうだった。

メイは静かにつづけた。「電話ができるようになると、すぐ警察に連絡したわ。数分もしないうちにやってきた。でもハリーは亡くなり、リンクは姿を消していた」

「やつには二度と会ってないのか？」

「ええ」

「三十万ドルはどうなった」と訊きたかったが、その代わりに尋ねた。「金はどうなったんだ」

「知らないわ。あれ以来戻ってないの」

「ほかの盗人どもは？」

「なんですって？」

「モーガンが輸送車を襲うのに手を貸したやつらのことさ」

「ふたりは十年の刑がくだって刑務所に送られたわ。でも、あとのひとりとリンクは逃げたの」

「やつはそれから一度も連絡を取ろうとしてこないのか？」

「ええ」メイは両手で頭を押さえ、髪を後ろになでつけた。声はまた小さくなっていた。まるで不当に罰を受けて、傷ついている少女のように。「でもあなたには想像できない、想像しようとすることすらできないでしょうね。わたしにとって、どれだけ恐ろしいことだったか」

「どういうことだい？」

警察のやり方はたやすく想像がつき、メイはそれを裏づけた。「警察は何日もわたしを尋問したわ。とても個人的なことまで。リンクと何回関係を持ったか、それはどこでどんなふうにしたのか。妊娠させられたことはあるか。そのうえ、わたしが答えたことのほとんどは新聞に載せられて、それまで口をきいてくれていた友だちまで話をしてくれなくなったわ」

メイはそっと泣きはじめた。わたしはテーブルをまわりこみ、メイを椅子から立たせると、わたしの膝に載せて抱きしめた。

メイはわたしの頬をなでた。「やさしいのね」

「それでそのころから殻に閉じこもるようになったんだな」

メイはうなずいた。「ええ。だれにも会いたくなかった。だれにも来て欲しくなかった。だから窓に板を打ちつけたの。わたしの頭がおかしくなったってみんなが言いはじめたけど、気にしなかったわ。二年前まではどこにも行かなかったの」

「何があったんだい？」

「こう考えるようになったの。もしかしたら、人生に苦しんでいるほかの人たちに親切にすれば、ハリーへの罪滅ぼしになるかもしれないって」メイはぼんやりと、これで終わりというようなしぐさをした。「それから救済院に寄付をするようになって、アデルと週に二、三度、夜に訪問し、ニールソン先生のお手伝いをするようになったの」

わたしはメイをすこし強く抱いた。「きみがそうしてくれたことに感謝するよ」

メイはわたしの耳たぶにキスした。「わたしだって。じゃあ、何も変わらないのね、フィル。たったいま話したことだけど」

「リンク・モーガンのことかい？」

「ええ」

「もちろんさ」わたしは寛大だった。「完全な人間なんていやしない」

「まだわたしと結婚したい？」

「ああ」

「わたしたちが出会ったあの救済院で？」

「きみがそうしたいなら」

「いつ？」

「きみが好きなときに」

「一週間後はどう？」

「そんなに待つのかい？」

　メイは体をすり寄せてきた。「だって、銀行へ行って有価証券とかそういうものを処分してこなくちゃ。それから、どこへ行くにしても航空券とビザを手配すれば、救済院から直接飛び立てるわ」それはなかなかよさそうだった。わたしはそう言った。「だけど、なぜ救済院から？」

　メイはわたしのシャツの一番上のボタンをはずして、胸毛に指を這わせた。「あそこはわたしがまた生きることをはじめた場所だから。あなたを見たとたんにわかったわ」

「何が？」

「あなたがあの人だって」

「あの人？」

「この古い家からわたしを連れ出してくれる人、わたしを生き返らせてくれる人よ」

　メイの指はせわしなく動きつづけていた。息をするのもつらそうだった。わたしはメイを抱きあげて立ちあがった。

　メイは動かしていた手をとめて、両手でわたしの顔を包んだ。「どこへ行くの、フィル」

「上か下のどちらがいい？」

　メイはその意味がわかった。息を吸いこんだ。ふくらんだ胸がわたしの胸にあたった。

「下へ連れていって。お願い」メイはささやいた。「あなたの部屋へ」

10

板を蹴りとばしておいてよかった。おかげで息ができた。部屋はむせかえりそうなほど暑かった。香水と疲れきった体のにおいがした。マイナス十八度以下の風の槍が、ひびのはいった窓からはいりこみ、汗で濡れた体に心地よかった。さわやかですがすがしかった。わたしは横になったまま天井に向けて煙草の煙を吐き、体の震えを抑えながら、苛立ちを抑えようとした。

二階の床板が軋んだ。突風でドアが大きな音を立てて閉まった。カーペットを敷いた玄関の階段で、足音が聞こえたような気がした。この古い屋敷が話しかけるのをやめるか、さもなくば何を伝えようとしているのか言ってくれることを願った。

わたしは満足感の代わりに、騙され、利用されたと感じていた。まったく期待していたものではなかった。何かがまちがっていた――メイはふりをしていただけだった。

わたしは横を向いてメイを見た。その小柄な体は非の打ち所がなかった。ところが、メイは上等なコールガールですらなかった。少なくとも、わたしの相手をしているときは。イースト・ピコ通りの娼婦なら代金以上のことをしたものだ。メイはふりのしかたも知らなかった。その見せかけの情熱は、この部屋に来た目的を終えたとき、メイがわたしに飲ませたコーンウイスキーと同じくまがいものだった。

〝これでわたしたち、もう離れられないわね〞

わたしはメイに一服するかと尋ねた。

「いただくわ」

わたしは唇に煙草をくわえさせてやった。メイは煙を肺に吸いこんだ。それとともに胸がふくらんだ。わたしは魅了されたようにそれを見つめた。この五週間で女の生化学的な反応が変わったのでなければ、わたしはメイを満足させられなかったということになる。しかし、メイは達したふりをしていた。なぜ?

メイはわたしの手を押しのけると、小さな煙をわたしの顔に吹きかけた。「これであなたを愛してるって信じてくれる?」

わたしは、信じると答えた。

メイは寝返りをうって横を向き、小さな手をわたしの胸に置いた。「わたしたちと、っ、て、も幸せになれるわ。わたしにはわかるの」

わたしも同じぐらい確信を持ちたかった。ひょっとするとわたしが間違っているのかもしれない。メイはふりをしていたのではないのかもしれない。わたしは仰向けになり、天井に向けてまた煙を吐いた。喉が痛かった。頭痛がした。一杯やりたかった。しこたま飲みたかった。ひびのはいった窓から吹きこむ風が冷たかった。

風の音はまるでマリアの泣き声のようだった。

わたしはなんとか論理的に考えようとした。もちろん、そうに決まってる。マリア。ふりをしているという思いこみは、わたし自身のやましさのせいだ。マリアは生きていたとき、知る術《すべ》を心得ていたが、わたしは利口すぎた。いま、もしあの世というものがあれば、マリアにはわかっただろう。わたしが騙していることに気づいただろう。自分が助かりたいがために、金持ちのブロンド女と寝たことを。貧民街の救済院でわたしを選んだ女と。〝永久に〟と約束したあとに。

わたしはメイに断わって浴室へ向かった。洗面台の前に鏡があった。明かりをつけて、鏡に映る自分の顔をながめた。ウイスキーによる顔の腫れは引き、目と頬はくぼんでいた。黒い髪に白髪が増えていた。実際よりもいくつか老けて見えた。心にも体にも緊張が現われていた。放蕩に耽る洗礼者ヨハネといっても通りそうだが、狂っているようには見えなかった。とはいうものの、狂っている人間の多くは一見まともに見えるものだ。トパンガ渓谷で三人の少女を殺した、わたしの依頼人だった男のように。そいつはメソジスト派の監督のように見えたし、ハーヴァード大学の教授のように話した――裁判所で暴れだし、自分は神《エホバ》だと訴えるまでは。陪審は十人が有罪、二人が無罪を主張し、審議は行き詰まった。

わたしは吸い殻を便器に捨てて寝室に戻った。メイは体をシーツで覆っていた。わたしはベッドの端に腰をおろした。

メイはわたしに微笑みかけた。「幸せ?」

わたしはすんなりと言葉が出たことに胸をなでおろした。

「こんなに幸せなのははじめてさ」

「アトランタの女《ひと》じゃなくても? 彼女とはじめて結婚したときより幸せ?」

「ああ」

「彼女の名前は?」

トマスが語っていたとしても、わたしは覚えていなかった。メイが調査員から受け取った報告書に載っていたのは知っているが、わたしにはなんの意味もなかったので思い出せない。わたしはごまかした。「シュガーと呼んでいたんだ」

「わたしのこと怒ってないわね?」

「なぜ怒るんだ」

「テーブルでわたしが言ったことに対して」

「十年前にあったことかい?」

「ええ」

「もちろん怒ってないさ」

メイはシーツを軽くたたいた。「じゃあ、そんなところにすわってないで。こっちへ来て。寂しいわ」

わたしはシーツの上に横になった。

情欲を覚えて、あるいはそのふりをして、メイは息を吸いこみ、わたしの胸毛に指を這わせた。そして自分の指をなめ、胸毛を撚り合わせて小さな山をいくつか作りはじめた。これもリンク・モーガンから教わったのだろうか。

「ねえ、聞いて」メイは言った。

「なんだい」

「わたし、あの運転手の制服を買ったことを後悔してるの」

「どうして」

「あなたに運転手でいて欲しくないからよ。今夜から」

「何になって欲しい？」

「わたしの夫に」

「来週そうなるさ」

「それから、あすはもう一度ダウンタウンに出かけて、あなたの服を買いましょう。服をたくさん」

いま着ている背広のどこが悪いのかとわたしは尋ねた。生地はとても気に入っているけどとメイは答え、自分のナイトガウンはどう思うかと尋ねた。きれいだとわたしは答えた。さわってみてとメイは言い張った。わたしがさわると、それがきっかけとなった。ふたたび息をついたとき、わたしはまだ確信が持てなかった。メイはわたしを愛してると言った。のぼりつめるところまでのぼりつめていた。ふりをする理由がない。少なくとも、わたしの知るかぎりでは。

メイはわたしの目から髪を払いのけた。「ねえ、もうひとつ聞いて。あなた、ひげを生やしてみたらどうかしら」

つぎにひげを剃るときは上唇に残しておこうとわたしは言った。

メイはつぎからつぎへと計画を立てた。「ダウンタウンに行ったら、旅行会社に寄ってパスポートやビザや航空券やそういうものの手配をしましょう。新婚旅行はどこがいいの？」

わたしはどこでもいいと答えた。

メイは微笑んだ。「リオデジャネイロはどう？　ベイラマール大通りは？　シュガーローフ山《ポン・デ・アスーカル》は？　コルコバード山は？　キリスト像は？」

「リオをよく知ってるんだな」

メイはかぶりを振った。「いいえ。一度も行ったことはないの」その声は小さく残念そうだった。

「じゃあ、なぜそんなに詳しいんだ」

「こんな古い家に十年間も閉じこもっていたら、どうやって時間を潰すと思う？　わたし、旅行パンフレットを千部は読んだはずよ。リオでもいい？　つまり、新婚旅行にリオはどうかしら」

「リオはよさそうだ」

わたしは横向きに寝返りを打とうとした。メイがわたしを押さえた。「あと、出生証明書を取り寄せられる？　パスポートに必要でしょう？」

「そうだな」とわたしは言い、出生証明書を手に入れるには、コッブ郡裁判所に手紙を書くだけでいいだろうとも言った。

メイの緑の瞳がわたしの表情を探るように見た。「それじゃ、朝になったら手紙を書く？」

「航空便の速達で出すよ」

メイはわたしの頭の後ろに両手をまわした。「キスして」

わたしたちは長々とキスした。わたしはリオのことを考えるだけで興奮した。もしリオへ行けたら、そこからひとりでよそへ行ける。わたしはサンディエゴ生まれだ。近所の子供の半分はメキシコ人だった。わたしは同胞《パイサーノ》のようにスペイン語が話せる。ポルトガル語はスペイン語とそれほどちがわない。いったんリオに着いたらひとりで奥地へはいっていけるし、マーク・ハリスとともにフィリップ・トマスを葬ることができる。そうすれば、キャスがメイのところまで追ってきたとしても、わたしはまだ安全だ。

メイが手をほどいた。わたしは横向きに寝返りを打ち、片肘をついてメイをながめた。それができる女もいれば、できない女もいる。メイにはできた。四十八時間前にはその存在も知らなかった男と、裸でベッドにいても。メイはいまなおムナジロテンのケープを身にまとい、フィールズの制服を着たドアマンに車までエスコートされた、豪奢な性悪女だった。

メイは片膝をわたしからできるだけ離したところに立て

ると、ゆっくり左右に動かした。「約束よ」メイは微笑んだ。「リオデジャネイロへ行きましょう。つぎは招待客。結婚式にだれを呼びたいの、フィル」

わたしはだれもいないと言った。

「アトランタにも?」

「ああ」

「家族はいないの?」

「ああ」

「大学の友人は?」

「いない」

「あなたがどうなっても、気にする人はいないの? あなたの結婚も、あなたの生死も」

「ああ」

メイはわたしを一人占めできることを喜んだ。その表情は、微笑というよりむしろ薄ら笑いに近かった。「わたしだけなのね」

わたしが煙草に火をつけると、メイは唇を上に突きだした。

「ねえ、口のなかに煙を吐いて」

わたしは唇をメイの唇に重ね、その口内を煙で満たした。メイはそれを鼻から出した。これもリンク・モーガンが教えた芸当なのだろうか。わたしの運についてのキャスの判断は正しかったのかもしれない。運はまだつづいていた。わたしはどん底に堕ちて跳ね返った――可愛い女のいるベッドのど真ん中に。この五週間のうちで、わたしは最もマーク・ハリスらしい気分になった。倒れていたところから、被告勝訴の指示評決と、金の詰まった壺を見いだしたかのようだった。

わたしはもっと煙はいるかと尋ねた。メイは微笑んだ。

「いいえ、もうけっこうよ」立てた膝はまだ揺れていた。

「でも、もしよかったら――」

「よかったら?」

「ポートワインのボトルを取ってきてもらえないかしら」

わたしは床に足をおろした。そのとき、立ちあがる代わりにそのまま耳を澄まして、喉にこみあげてくるものを飲みくだそうとした。

隣でメイが体を起こした。「どうしたの？」

「廊下で足音がした気がする」

メイの緑の瞳が細くなった。舌の先がゆっくりと上唇をなぞった。「地下室のドアに鍵はかけたのよね？」

「ああ」

「かんぬきは？」

「かけた」

メイは自分自身を安心させようとしているようだった。

「じゃあ、だれが廊下にいるっていうの。アデルは半時間前に家を出たわ」部屋をそっと横切り、ドアをあけて外を見た。そして肩越しに微笑んだ。「馬鹿ね」

「おれの妄想だと？」

「もちろんよ」

メイはドアを閉めてそれに背中を預けた。また髪がひと房、目にかかっていた。口のまわりに口紅がにじんでいた。身に着けているのは化粧だけだった。とびきり愛らしく、そして淫らに見えた。モーガンがあきらめきれなかったのも無理はない――ヒルも同様に。

メイは髪を目から払いのけて、額に小さな手の甲をあてた。小さな声は、手と同じように憂いを帯びていた。「それにしても、ここから出られると思うとうれしいわ。何か物音がしたですって。あなたもここでわたしと同じくらい暮らしてみるべきよ」

わたしは黒の礼装用のズボンをはいてサスペンダーを肩にかけた。「ポートワインを取ってくる」

「すぐに戻ってきてね」とメイはすがるように言った。

ハイヒールを脱いで裸足でいると、メイの背はわたしの胸までしかなかった。わたしはメイの脇に両手を差し入れ、唇がわたしと同じ高さになるまで抱きあげた。

「愛してるわ、フィル」

「愛してるよ、メイ」わたしは嘘をついた。

メイにキスし、ドアの脇におろした。廊下は耐えがたいほど暑かった。下の階全体がそうだった。サーモスタットはないのか、あるなら温度をさげたらどうかと、あとでメイに訊いてみよう。それにボイラーはどうなっている？アデルがボイラーを焚くのはわたしの仕事だと言っていたが。

ダイニングルームに変わりはなかった。いまなお現実のものとは思えず、さながら無人の映画セットのようだった。銀の枝付き燭台の蠟燭の炎が静かに揺れた。テーブルは部屋を出たときのままだった。わたしはテーブルからワインのボトルを取りあげた。それから、足首まで埋まるカーペットの上を歩いて、板が打ちつけられたとてつもなく広い居間にある、リカー・キャビネットへ向かった。すこしぐらい飲んでもメイは気にしないだろう。ふたりとも酔えばもっとうまくいくかもしれない。

〝やさしく目覚めさせて、フィリップ〟

わたしはそうしなかったのかもしれない。だからそんな気がするのかもしれない。二度ともどこかおかしかった。

ふたりのあいだにあるのは肉欲だけだった。最初メイはふりをした。十年間のやもめ暮らしのあとに。二度目はほとんど上の空だった。リオのことを考えていたのだろうか？

汗がこめかみを伝い、頬に流れた。自分で思いこんでいるほど、セックスがうまい男はいない。

これほどまでに戸惑い、疲労を感じたことはなかった。わたしがほんとうに利口ならよかったのに。車を崖から落としたとき、そのままなかに乗っていればよかった。どんな馬鹿でも法を逃れることがある。わたしもキャスから逃れられるかもしれない。だが、男は自尊心がなければ生きていけない。毎朝ひげを剃るたび、わたしは鏡をのぞかずにはいられなかった。

ありていに言えば、悪党であることに加えて、わたしは腰抜けだった。どちらのときも、メイのことを考えてはいなかった。わたしは自分のことを考えていた。まだ頭のなかで逃避していた。

広間のテーブルにポートワインを置き、ライ・ウイスキーを瓶からじかに飲んだ。おかげで股間に小さな炎がともった。このつぎはメイのことを考えよう。そのくらいの恩義はある。

階段から冷たいすきま風が吹いた。ここは屋敷の奥よりすきま風がひどかった。わたしは片手を目の上にかざして、大きな玄関ドアについている小さな横長の鉛枠のガラスから外をのぞいた。

薄暗い通りは寒々しかった。街灯には光が凝縮した暈《かさ》がかかっていた。風は乱暴に振りまわすホウキさながらに、雑多なごみを吹き飛ばした。枯れ葉は古新聞を追いかけた。紙箱の切れ端は夜間飛行に飛び立った。

そのとき、ひとりの男が向こう側の歩道を通り過ぎた。男はコートの襟を耳まで立てていた。両手をポケットの奥まで突っこみ、風に向かって前かがみになっていた。

わたしはすこし気分がましになった。自分はいちおう寒い外ではなく家のなかにいる。たしかにわたしはろくでなしだ。世の中にはろくでなしがあふれている。その大半は腰抜けだ。

テーブルからポートワインのボトルを取りあげたとき、メイの金切り声が聞こえ、あやうく落とすところだった。こんどは風ではない。想像でもない。メイは喉が張り裂けんばかりに悲鳴をあげており、まともな言葉になっていないうえに早口のせいで、何を言っているかわからなかった。

わたしは廊下を走り、力任せにドアをあけ、その勢いで部屋のなかへ飛びこんだ。メイはまだ裸のまま浴室の戸口に立って、小さなハンドタオルで乳房の片方を押さえていた。

わたしはメイから窓へ視線を移した。板をはがした窓が完全にあいていた。窓枠に中古車置き場で見かけたあの浮浪者がまたがっており、破れた靴の片方が床についていた。紫色の唇はぶつぶつと悪態をついていた。

その男は節くれ立った手に銃を握り、震える射程にわたしを入れた。「この悪党め。この薄ぎたねえ悪党ども」激情に駆られ、しょぼつかせた目から涙を流しながら、罵りの対象をメイに絞った。「リンクがあの金を持っていったたと？　わたしは一度も見てません。たしかです。てめえは地方検事にそう言ったよな。そのせいでおれは空きっ腹を抱えて寒さに震え、安宿で寝ては警察がやってくるたびにびくびくしてんだよ」

メイは叫ぶのをやめていた。「そいつを殴って、フィル」冷ややかに言った。「その瓶で殴って。思いきり殴ってちょうだい」

男は銃を向けた。「おい、よせ、やめろ」

わたしが何もしないうちに男は発砲した。銃弾がわたしの脇腹をかすめ、後ろの漆喰にめりこんだ。

メイは切迫した声で言った。「殴るのよ、この――殺される前に早く！」

わたしはすばやく一歩前に出るとポートワインの瓶を振りまわした。それは相手の側頭部を捕らえ、男は部屋に倒れこんだ。瓶があたったとき、かすかに何かが割れたような音がした。男はうつぶせになり、泳いでいるかのように両手を頭の上に投げだしていた。銃を握っていた細い指は、しばらく痙攣したかと思うと動かなくなった。

「もう一度殴って」メイが甲高い声で言った。

わたしはワインをベッドの上にほうった。瓶は転がり、シーツに赤い染みを残した。「その必要はないだろう」しらふで正気のときに人を殺したのははじめてだった。吐き気をもよおすかと思ったが、そうはならなかった。

「死んだの？」

「死んだ」

メイは悲鳴をあげようとして口を開いた。わたしはメイを思いきりひっぱたいた。最初は手のひらで、つぎは手の甲で。メイの歯にあたって指の関節の皮がむけた。脇腹のやけどより痛かった。「ヒステリーはなしだ。おれたちにそんな暇はない」

血がひと筋、メイの顎を伝った。メイは口をあけ、また閉じた。わたしは私道に明かりが差していることに気づいた。もし、中古車置き場に夜警がいたら、部屋のなかが見えるだろう。わたしは日よけをおろした。それはマイナス十八度以下の風ではためいた。

わたしは明かりを消し、冷たい風のなかで耳を澄ました。銃声を聞いた者はいないようだった。物音も興奮した声も聞こえなかった。わたしは二分ほど耳を傾けていた。通報に応えるサイレンの音は聞こえなかった。鋭い笛の音も。わたしは日よけの下に手を伸ばし、上げ下げ窓を閉めて鍵をかけた。そしてまた明かりをつけた。

メイは片足で立ち、もう片方の足を、床から拾いあげた薄い生地のパンティに通そうとしていた。機嫌の悪そうな目つきをしていた。「窓の板をはがしたのね」

わたしは両脚から力が抜けて立っていられなかった。ベッドの端に腰をおろした。「ああ」

メイは震えがひどく、パンティに足をうまく通すことができなかった。あきらめてパンティを壁に蹴りとばした。

「なぜ言わなかったの？」

寒けがしだいにおさまってきた。喉につかえていた塊は飲みこめるほど小さくなった。「客が来るかもしれないとは思わなかったのさ。それに、この部屋は暑すぎて耐えられなかったんだ」

メイは不機嫌な目つきをいくぶん和らげた。上唇をなめ、緑の瞳がわたしの顔をながめまわした。「二階を一定の温度で暖めておくには、ここを暑くしておかなきゃならないのよ」

「なるほど」わたしは床に倒れている男を顎で示した。「こいつはだれだ」

メイの瞳はなおもわたしの顔をながめまわしていた。

「なぜわたしが知ってると思うの？」

「こいつはきみを知っていた」

メイは椅子に軽く腰掛けた。唇は歯が見えるほどそり返り、いまにも戻しそうだった。メイはピンク色の手のひらを胃にあてた。「ええ。この男を知ってるわ。というより、この男が何者かは知ってるわ」

「だれなんだ」

「名前はジミー・マーティンよ」メイは腹立たしげに言った。「でも実際より老けて見えるわ」

その名前はどこかで聞いたことがあるような気がした。思い出した。「モーガンと現金輸送車を襲った連中のひとりだな」

メイはうなずいた。

「モーガンを除いて、ただひとり逃げた男」

メイは手を前に出した。「煙草を一本もらえるかしら」

わたしは煙草に火をつけてメイに渡した。

「つぎは一杯飲みたいわ」

わたしはワインに手を伸ばした。メイの唇が嫌悪にゆがんだ。「いいえ。そっちじゃないわ。別のほうにして」

ライ・ウイスキーはベッドの下に転がっていた。わたしはそれを拾った。メイは瓶からじかに飲んだ。男のように。咳きこむかと思ったが、そうはならなかった。前にも瓶からじかに飲んだことがあるのだろう。

メイの頬に血の気が戻った。手の震えがとまった。髪を目から払いのけると、死んだ男に目をやった。「このろくでなし」メイは言った。「もうすこしで殺されるところだったわ」男からわたしの脇腹のやけどに視線を移した。「こいつはもうすこしであなたを殺すところだった」

わたしは知らなければならなかった。「なぜこんなことをする気になったんだろう。なぜここへ来たんだ」

メイは椅子から立ちあがり、わたしの隣に腰をおろした。「その前に、ちょっとでいいから抱いて、フィル」

わたしはメイに腕をまわした。メイを抱くとやはり気分がよかった。髪はいい香りがした。メイは身をかがめてわたしの脇腹のやけどにキスした。

「あなたが殺されていたら、わたしも死んでたわ、フィル」

「あいつは殺せなかった」

「でも、殺されていたかもしれない」

「ああ。かもしれない」

「やけどは痛む?」

「それほどでもない。それより重要なのは、なぜこいつはここへ来たのか、なぜきみにこんなことをしようと思ったかだ」

メイは顔をあげてわたしをまっすぐに見た。「お金のためよ」

「どの金のことだ」

「リンクが盗ったお金よ」

「三十万ドルのことか？」

「ええ」

「だが、なぜきみのところへ」

「わたしがリンクを見た最後の人間で、お金はいまも戻っていないからよ」メイはすすり泣いた。「警察までわたしが持ってるんじゃないかって疑ったわ」

「モーガンがきみの情夫だったからか？」

「ええ」

「でもきみは一度もその金を見なかったんだろう？」

「ええ」

「きみは警察を納得させたんだな」

「そうよ」メイはわたしの肩に顔をうずめた。「この家をばらばらにしたければどうぞやりなさいって言ってやったの。こんな家、ハリーが残してくれたお金で五百軒は買えるわとも言ったわ」

「それで連中は思いとどまったのか？」

「ええ」

「こいつがいままできみに接触しようとしたことは？」

「ないわ」

「なぜ十年も待たなきゃならなかったんだろう」

「わからない」

わたしもわからなかった。メイがその金を持っているとマーティンが考えたのなら、わたしにこんなことをしようとした理由はすぐわかる。四分の一は自分のものである金で、わたしがのうのうと暮らしていると考えたのだろう。検認済みの三百万ドルの遺言書は、こうした輩にとってはなんの意味もない。こいつらが知っている金は現金だけだ。

わたしもライをひと口飲んだ。そんなことより、当面の問題は、どうやってマーティンの死体を片づけるかだ。メイが警察に電話して、こそ泥を殺したと言うわけにはいかない。最初に無線で駆けつけた警官はこう尋ねるだろう。

「どうやって殺したんです?」

メイが答える。「瓶で殴ったの」

そして警察はメイが嘘をついていることがわかる。そのうえ、テーブルにはふたり分が用意されており、運転手の部屋のベッドが乱れている。わたしの立場はメイよりはるかに悪い。わたしは死んだ。ポイント・ロボス沖の太平洋のどこかに浮かんでいる。ほんのわずかでも疑念をいだかれれば、指紋を採られるはめになるだろう。

わたしはメイに、これからどうすればいいと思うと尋ねた。

「なんのこと?」

「こいつのことさ」

メイは泣きやんだ。目が細くなり、不機嫌そうな顔つきになった。「警察に電話はしないわ。それがあなたの考えてることなら。あんなことは二度とごめんよ。耐えられない。わたしを愛してるなら、わたしと結婚したいなら、ほかの手段を考えて」

わたしはこれ以上飲まないように、瓶にキャップをかぶせた。

メイはわたしの腕をつかんだ。「考えて、フィル。お願い」

「そうしてる」

「来週結婚したいの。ここから出たいのよ。リオへ行きたい。聞いてる?」

耳もとで叫ぶな、とわたしは言った。

「気づかなかったわ」

わたしは立ちあがって部屋を横切り、また戻ってきた。取るべき手段はひとつしかない——死体をどこかへ運ぶ。できれば、ふたりで国外に出るまで発見されないようなところへ。マーティンが見つかって身元がわかれば、過去のいきさつからメイが尋問されるのはほぼまちがいない。わたしの名前が捜査線上に浮かび、そうなれば一巻の終わりだ。わたしは警察署の五百フィート以内に足を踏み入れるわけにはいかない。

メイは上唇をなめた。「ボイラーがあるわ」

わたしはかぶりを振った。「だめだ」

「どうして?」

いちいち説明する気はなかった。「理由はいくつもある」わたしは散らかった服を顎で示した。「服を着ろ。こいつを屋敷から運び出さなくては。きみがいっしょに来たくないなら別だが」

メイはかぶりを振った。「いやよ」

「何がいやなんだ」

「あなたが行くところならどこでも行くわ。でもどこへ運ぶの?」

「わからない。しっかり着こむんだ」

メイは白いイブニングガウンを肩から羽織り、そっとドアへ向かった。後ろから見てもメイは愛らしかった。たしかにひどい過ちを犯した。それでもまだ、もっとましな人生を送ってもいいはずだ。これまでよりも、これからわたしと送るはめになる人生よりも。メイはドアにたどり着くと振り返った。瞳がこれまで見たことがないほど大きく、濃い緑色になっていた。「愛してるわ、フィル」

わたしは間抜けな鸚鵡《おうむ》になったような気がした。「愛してる、メイ」

メイが部屋を出ていき、ドアがそっと閉まった。わたしは靴下と靴を見つけて履いた。つぎにカーペットに倒れている老いぼれのそばに膝をついた。血はあまり出ていなかった。そのわずかな血も焦げ茶色のカーペットに溶けこんでいた。体は哀れなほど痩せこけていた。わたしは死体を仰向けにしてポケットを調べた。持ち物はくしゃくしゃの煙草の箱に、紙マッチ、小銭で三十セント、サウス・ステート通りの簡易宿泊所の領収書だけだった。ポケットに煙草とマッチと小銭を戻して、領収書を灰皿で焼いた。背広にもトップコートにもラベルはついていなかった。汚れたシーツをベッドからはがし、その上にマーティンを載せて、あごの下で膝を折り曲げた。帽子を顔の上に載せた。それからシーツの四隅を結んだ。さながら、大きな洗濯物のようだった。

終わったときは汗まみれになっていた。息をするのもつらかった。窓を閉めきっていたので部屋はむっとしていた。浴室の洗面器に水を溜めて、顔と胸を冷たい水で洗った。いくらかましになったものの、大して変わりはなかった。動悸が激しく、まるで手がつけられなくなった鍛冶用のはねハンマーのようだった。わたしは走っていた——じっと立ちつくしたまま、また頭のなかで逃避して、時間と戦いながら——虚空へ。

トイレで用を足しながら、マリアとニールソンが悔い改めと救いについて言っていたことは正しかったのかもしれないと考えた。ドラムに本物の二十五セント硬貨をほうってやれ、相棒。とはいうものの、行き過ぎてしまった男、目に見えない線を越えてしまった男はどうなる？　いったん反時計まわりのメリーゴーランドに乗ってしまえば、金には事欠かない。男はいつまでも乗りつづける。好むと好まざるとにかかわらず、音楽がとまるまでおりることはできない。

コートを着ようとしたとき、銃のことを思い出した。喉につかえていた塊が戻ってきた。また汗をかきはじめた。

マーティンはどこで銃を手に入れた？　だれから？

さらに息苦しくなった。最初にあの与太者を中古車置き場の隅で見つけたときは銃など持っていなかった。あいつは立ち向かってくる代わりに、尻尾を巻いて二台の車のあいだに逃げていった。どこかで借りてきたのだ。

わたしはしゃがみこんでリボルバーに目をやった。おんぼろの・三二口径のアイヴァー・ジョンソンで、シリアルナンバーは削られていた。それをカーペットから拾いあげると、自分のオーバーコートのポケットに入れた。

マーティンをこの屋敷から出したかった――すみやかに。マーティンが戻ってきて報告するのを待っているやつがいるかもしれない。いるとすればだれだろう。リンク・モーガンか？　その場合、メイは金についてわたしに嘘をついていたことになる。だが、もしモーガンが街に戻っているなら、なぜ自分で来ない？　なぜマーティンを送りこんだ？

わたしは無理に考えようとするのをやめた。事実をいっさい知らずに、判断の材料は新聞の切り抜きとメイの言葉しかない状況で、十年間姿を消していたマーティンがふたたび現れた理由を考えようとするなど、ピンの頭の上で天使は何人踊れるかという古くからの神学上の論争と同じくらい馬鹿げていた。

わたしはオーバーコートをすばやく着ると、シーツに包んだ荷物を地下室の階段からおろして裏口へ運んだ。屋敷と車庫のあいだのコンクリートの通路は、身を切るように寒かった。激しい風が最初は荷物に、それから車庫のドアに吹きつけた。手袋を買い忘れないように、メイに念押ししておけばよかった。寒さにかじかんだ手で、マーティンを車のトランクに閉じこめた。

地下室のドアをしっかり閉めたことを確認すると、ハンマーと長さ三インチの釘を捜し出し、わたしの部屋の窓にまた板を打ちつけた。メイの言わんとすることがわかった。暑すぎるよりも悪いことがある。

それを終えると車を玄関前につけた。ダッシュボードの時計によればまだ十時前だったが、通りを走る車は少なく、歩行者の姿はなかった。分別のある者なら、こんな夜はテレビの前から動こうとはしないだろう。メイを待っているあいだにラジオをつけて、十時のニュースの終わりのほうとそのあとの短い天気予報に耳を傾けた。

マイクを持った陽気なうすら馬鹿が、とうに知っていることを裏づけた。寒かった。これからもっと寒くなるだろう。十時の時点ではマイナス十七度だった。気象局の予想では早朝にマイナス二十一度までさがり、十一月の最低気温になるだろうということだった。そして天気がよくなるきざしはない。

　わたしは車庫に戻り、作業台の上にかかっていた四分の一インチ幅のマニラロープを手に取った。手でちぎろうとしたが無理だった。ロープは比較的新しかった。死体につける重石を探すのはもっと手こずった。埃をかぶった十八ポンドの建築用のブロックをふたつにするか、古びたスチールホイールにするかで迷った。ホイールはダイムラーから取り外したものだろう。結局、ブロックを選んだ。

　ブロックとロープをマーティンといっしょにトランクに入れた。トランクにまた鍵をかけていたとき、玄関のドアがあいて、メイが階段をおりてきた。

　怯えていたとしても、メイの態度には現われていなかった。ハイヒールが小気味いい音を立てた。身に着けているのはミンクのロングコートと、揃いのしゃれたミンクの縁なし帽子《トーク》。頬は寒さで赤く染まっていた。白い息をかすかに吐きながら、メイは苦しそうに息をしていた。

「何か思いついたの、フィリップ」

　通りを隔てた家の窓からだれかが見ているやもしれず、わたしは帽子のつばにさわりながら、後部座席のドアをあけてやった。

「たぶん」

　メイは手をわたしの手首に載せて車に乗りこんだ。「あの男も後ろに乗ってないでしょうね」

「ああ。やつはトランクのなかだ」

　メイの爪がわたしの手首に食いこんだ。その痛みで気分がましになった。メイの態度は育ちのよさの現われだった。メイは怯えていた。いまにもヒステリーを起こしそうなほど怯えていた。わたしと同じくらい怯えていた。

11

わたしはループに向かって時速二十五マイルで慎重に運転し、一時停止標識や信号にくまなく目を走らせていた。大通りやアウター・ドライヴは、脇道よりも車が多かった。

メイはガラスの仕切りをあけた。「どこへ行くつもりなの、フィル」

わたしは午後に車を停めた防波堤の水深はどれくらいかと尋ねた。

「わからないわ。かなり深いと思うけど。どうしてそんなことを?」

「では、やつの行き先はそこに決まりだ」

「湖岸のすぐそばに?」

「ほかにいい場所を知ってるのか?」

メイはしばし考えた。「いいえ」

わたしは煙草に火をつけて、シート越しに渡した。「なぜやつが屋敷に押し入ったのかわかったか?」

バックミラーに映る煙草の先端が小刻みに動いた。「ええ。お金が目当てよ。リンクがわたしのところにお金を残したと考えたんだわ」

「でもリンクはそうしなかったんだな?」

「ええ」

「嘘じゃないだろうな」

メイはわたしの肩に手を置いた。「あなたに嘘をつくわけないじゃないの、フィル」

メイがそうしなければならない理由は思いつかなかった。わたしはそう言った。

「じゃあ、そんなこと言わないで」メイはしばらく押し黙った。「もしわたしがあなたに誠実じゃないと思うなら、もしお互いへの固い信頼と尊敬の上に結婚生活を築けないのなら、これからしようと思っていることはしないで」

「どういう意味だ」

「いま言ったとおりよ」暗すぎてその顔は見えなかったが、声はまるで泣いているようだった。「隠そうとする代わりに――つまり、トランクのなかのもののことだけど――最寄りの警察署へ行ってちょうだい。道は教えてあげる。わたしはもう一度あのすべてのことに耐えるわ。そうしなきゃならないなら。警察の連中がわたしを尋問するあいだズボンのポケットに手を入れて、その卑しい心が目に現われるのを許してやるわ。わたしたちがベッドにいたとき――結婚前にいけないことだけど――マーティンが窓からはいってきたって言うわ。リンクはわたしのところにお金を残したんだろうってあいつがほのめかしたことも。わたしが銃で脅されて、わたしの命を救うために、あなたはあいつを殴るほかなかったって言うわ」

「つまり、リオにはおさらばってことだな」

「どうして？」

「連中はおれを拘束するからさ」

「長くはできないわ」

「なぜできない？」

メイはかなり法律に詳しかった。「わたしがあいつは窓を押し破ったって言うからよ。そうすれば持凶器強盗目的の住居不法侵入罪になるわ。あいつはわたしの命をおびやかした。わたしはあいつを殴って、とあなたに言った。あいつはあなたに殴られる前に撃った。つまり、警察があなたを告発しようとしても、正当防衛が認められるだけよ」

わたしはバックミラーに映る火の灯った煙草の先端を見つめていた。「どこでそんなに法律を学んだんだ」

煙草の先端が揺れ、メイが答えた。「わたしはこの悪夢を一度経験したのよ。十年前に。忘れたの？」

「ああ」わたしは言った。「そう言ってたな」

わたしは自分の煙草に火をつけた。メイはほんとうのことを話しているようだった。もしわたしがフィリップ・トマスなら、警察に行こうという申し出に応じるのが賢明だろう。だがわたしはトマスではなかった。警察は手順どおりにわたしの指紋を採るだろう。そしてわたしの指紋は記録されている。法の番人のひとりとして。殺人罪で指名手配されたあと、自殺を図った法の番人。

わたしはすこし車の速度をあげた。

「どうするの?」とメイが尋ねた。

わたしはかぶりを振った。「いいや、やめておくよ。一か八か死体を隠すとしよう!」

「じゃあ、わたしを信じてくれるのね?」

「きみを信じる」

メイはほっとしたようだった。「うれしいわ」

この日の午後にも訪れた広い湖岸公園は、寒々とした暗く人気《ひとけ》のないところで、高くそびえるループのスカイラインへとつながり、その間隔をあけて張りめぐらされた街灯は、寒さのために暈《かさ》がかかっていた。プラネタリウムを探していると、大きな白い建物のそばを通り過ぎ、メイがあれはシェッド水族館だと言った。やがて先ほど車を停めたところを見つけて、車のライトを消した。

湖は見えなかったが音は聞こえた。大波が、穏やかな音を立てながら岩にあたって砕けた。わたしは蒸気でくもった窓をあけて外を見た。公園のその付近にほかの車がいたとしても、わたしには見えなかった。警官はパトロールに来るかとメイに尋ねた。

メイは息苦しそうだった。「そう——思うわ。どうして、その、さっさと死体をその辺に置いていかないの?」

「せめて一週間は見つからずにいてもらいたいからさ。おれたちが国外へ出るまで。マーティンの身元が確認されたとたん、殺人課の刑事の一隊がきみの玄関のドアをノックするだろう」

「あのむかしの事件のせいで?」

「そうだ」

「じゃあ、あなたはわたしにあの経験を繰り返させたくないのね?」

「ああ」

「それはわたしを愛してるから?」

「そうだ」

わたしは機械的に答えながら、自らを奮い立たせていた。

車から出て、やらなければならないことをやれと。死体の捨て方について話すのと、実際に死体を捨てるのとは別問題だった。

「何を待ってるの、フィル」

わたしは嘘をついた。「どうすればいいか考えているだけだ」

「わたしもいっしょに行くわ」

「だめだ」

「どうして?」

「もしおれがいないあいだに警察の車がやってきたら、ただのいちゃついているカップルだと思わせておきたいからさ」

「あなたがどこにいるのか訊かれたら?」

「しばらく車から出なきゃならなくなったと言ってくれ」

それから〝フィル〟と呼ぶんだ。怯えているような声を出さないでくれよ。それより、運転手と不適切な状況にいるところを見られなくてほっとしている奥さまを装うんだ」

「それから?」

「おれが戻ってくる。そのころにはマーティンはもういないし、警察はおれたちに何も手出しはしないだろう。公序良俗違反で取り締まることもないはずだ」

声と同じくらい内心にも自信があればいいのだが。わたしはドアの取っ手に手を伸ばした。メイがわたしをとめた。

「だめ。その前にキスして、フィル。お願い」

わたしは仕切り越しにキスした。激しく、ミンクの縁なし帽子を払いのけ、髪を乱しながら、寝室にいたときのように、淫らに見えるように。

それから手早くオーバーコートを脱ぐと、たたんで前の座席に置き、その上に帽子を載せて、車から出た。寒さが厚手のグレーの服地を通って肌を刺し、風に足もとをすくわれそうになった。明るいスカイラインはまるで目の前にあるようだった。ひと組のヘッドライトがアウター・ドライヴの絶え間ない流れから抜け出ると、公園をジグザグに走った。その様子を見守っていると、ソルジャーフィールドスタジアムの前でとまって消えた。管理人か、寒さも気にしないカップルだろう。

わたしはキャデラックのトランクの鍵をあけた。マーティンはどこにも行っていなかった。わたしはブロックとロープを取り出すと、湖のほとりまで運んだ。

大小さまざまな岩からなる防波堤は、氷のせいですべりやすくなっていた。大波が砕けるたびに風がしぶきを巻きあげ、氷の膜が厚くなった。湖岸の近くには氷の塊ができていたが、まだあちこちに見える水面に隔てられていた。気象局の予報が正しければ、湖岸は朝までに凍りつくだろう。

わたしは岩の上にブロックを置き、マーティンのところへ戻った。あまりの寒さに両手がずきずきと痛んだ。手を制服の脇ポケットに入れると、コートが凍てついたしぶきに薄く覆われていることに気づいた。全身が冷え切っており、もううんざりだと言ってマーティンをただ捨てていこうかと思った。

両手がまた動くようになると、シーツにくるんだ荷物を車から抱えあげて、防波堤まで運んだ。氷の膜が張った岩はどれも似通っていた。ブロックとロープをどこに置いたかわからなくなった。わたしはマーティンに八つ当たりした。

「このろくでなしめ」わたしは毒づいた。「なんだって窓からはいってきやがったんだ」

風が荷物に水しぶきをかけ、たちまち凍りついた。わたしはタイミングを見計らってシーツの結び目をほどき、ブロックを捜しにいった。二十フィート先の岩の上で見つけると、マーティンのそばへ運び直した。

ロープをブロックに通していたとき、車のエンジン音が聞こえた。しばらくして、ひと組のヘッドライトが防波堤へやってきた。わたしはできるだけ低くしゃがみこみ、いまにもメイの呼ぶ声が聞こえそうな気がした。

車は停まらずに通り過ぎた。わたしは立ちあがり、それが見えなくなるまで見守った。そしてまたブロックに取りかかった。ロープをしっかりと結び、それをマーティンの横に置いてロープをその腰に巻きつけ、腿のあいだに通して肩まで持ってくると、マーティンをブロックにできるだけ密着させた。水は深いだろうとメイは言ったものの、知っているわけではない。

それを終えて立ちあがると、息が切れていた。もう寒くはなかった。風があるにもかかわらず、体は汗でびっしょりだった。恐怖による冷や汗だった。わたしは死にたくなかった。キャスに捕まりたくなかった。国外へ出なければ。リオへ行かなければ。だが、水はどれほど深いのだろう。じゅうぶんな深さがあったとしても、湖の縁が凍りつくまでロープはもつだろうか。

ブロックに通している部分のロープを調べた。見えないが、指でさわってわかった。表面がざらざらのブロックでこすれて、より糸がすでに何本かほつれているようだった。布をはさんでおくべきだったが、いまさら手遅れだ。波の動きでこすれても、より糸が最後の一本になるまで持ちこたえるだろう。

片手でブロックを持ちあげて、もう片方の手でマーティンを抱えあげた。至近距離での接触に吐き気がした。湖岸に一歩足を踏み出したところで、どこへ向かっているのかわからなくなっていることに気づいた。氷に覆われた岩の上で足をすべらせれば、マーティンとともに湖へ真っ逆さまだ。

恐る恐るできるだけ遠いところまで進み、マーティンとブロックを体から離すと、湖の縁からじゅうぶん離れたところに鈍い音を立てて落ちた。わたしはまた寒くなりはじめていた。苛立ちのあまり叫びたいくらいだった。ブロックと死体を岩の縁まですこしずつ動かした。そして、思いきり突き飛ばした。

一瞬、うまくいったと思った。満足のいく水音が聞こえた。岩の縁から見おろした。水面はほんの二フィート下にすぎず、水の深さはその半分しかなかった。そのうえ、ブロックは氷の塊の上に載っていた。ブロックとつながっている短いロープの先には、マーティンの体が浮き沈みしていた。半分水に浸かった、何やら卑猥なもののように。

わたしは防波堤の先端の氷で覆われた岩にすわって、ブロックを蹴った。氷は数フィート漂い、マーティンはそのそばで顔を下にして浮き沈みしていた。このまま残していくわけにはいかなかった。朝一番に湖をながめにきた自然愛好家に見つかってしまうだろう。

わたしは水のなかにはいった。水位はふくらはぎまであり、最初はその冷たさにぞっとしたものの、ショックが過ぎると外気より暖かいくらいだった。氷のところまで歩き、氷とマーティンを後ろから押していくと、水はしだいに深くなり、やがて腰まで達した。

もう一歩足を踏み出したとき、それは起こった。ブロックを載せた氷が傾き、滑り落ちたブロックが深い水のなかに沈みながら、死体を引きずりこんだ。とめようとしたが間に合わなかった。氷を押す勢いがついていたことと、重量が突然減ったせいで、わたしは深みにはまった。水の深さは十四フィートほどあっただろうか。重い靴と濡れた制服のために、わたしは湖底まで沈んだ。水面に戻ろうとすると、ブロックが載っていた氷の下に突きあたった。

一瞬、パニックに陥った。やがて氷の下から抜け出すと、手足をばたつかせて深みの手前へ戻りながら、飲みこんだ水を吐き出し、空気を求めてあえいだ。足の下に地面を感じた。数歩歩いたところでつまずいた。また立ちあがり、足を引きずりながら歩いていると、大波に岸のほうへ押し流された。

岩まで一マイルはあるかと思われた。これほど体が凍えたことはなかった。岩の上に暗い人影があった。メイがこちらに手を差し伸べた。声が震えていた。「あんまり遅いから怖くなったの」

わたしは返事をしようとしたができなかった。歯の根がまったく合わなかった。髪と顔と手と濡れた制服は、薄い氷の膜に覆われていた。メイが手を貸してくれたものの、岩の上にのぼるのは至難の業だった。やっとのことで岩の上にあがっても歩けなかった。足を一歩踏み出すと転倒し、花崗岩の角で頬を切った。

メイに引っぱられているのがわかった。声は低く、必死だった。「お願い、フィル。力を貸して。車まで戻らなきゃ」

わたしは膝で立ち、それから立ちあがった。メイの腕が腰にまわされ、細い体に支えられながら岩を越えた。車までたどり着くと、メイは懸命に助手席のドアをあけ、わたしをなかに押しこんだ。

わたしは倒れこむようにしてシートにすわった。エンジンはかけっぱなしだった。車内は暖房で暖まっていた。わたしは暖かい空気を胸いっぱいに吸いこみながら、頭痛が消えるように祈った。

メイが運転席にすわった。ダッシュボードが発する淡い光のなか、その瞳はかすかにオパールのような光彩を放っていた。「あいつはいなくなった?」

わたしはまだ口がきけなかったのでうなずいた。

「よかった」メイは微笑んだ。メイの細い手がわたしの手首を握りしめた。「無理に話そうとしないで。考えるのもだめ。わたしが運転するわ」

メイは巧みに運転した。間隔のあいたまばらなライトをつぎつぎに追い越した。明るいスカイラインがその輝きを増した。まるで空を飛び、背の高いリグレービルの白い塔に突っこもうとしているような気がした。そして、真っ暗になった。つぎに覚えているのは、メイがわたしの頬をたたいていたことだった。声が遠いところから聞こえた。まるで泣いているようだった。

メイはまたひっぱたいた。「だめよ、フィル。車から出るの。凍えてしまうわ。家にはいらなきゃ。協力して。お願いだから」

わたしは車から出ると、車庫の前の身を切るように寒い通路をふらふらと何歩か歩いた。「おれはだいじょうぶだ」わたしは嘘をついた。「もうだいじょうぶだ」

もう一歩足を踏み出すと、膝ががくりと折れた。倒れる前に、メイがわたしを捕らえて肩で支えた。メイに支えられて地下室の階段をおり、暑い地下を通って、自分の部屋へつづく木の階段をのぼった。

まだ寒けがして、半分ショック状態だった。部屋の真ん中でふらついているあいだに、メイが湯船に熱いお湯を張った。思ったより氷で頭を強く打ったようだった。傷をふさいでいた氷の膜が溶けると、頭のてっぺんから血がにじみ出て頬を伝った。

また意識が遠のきそうだった。

「しっかりして。わたしのために、お願い」メイがすがるように言った。

メイの指がすばやくわたしの服を脱がせた。うまく外せないボタンは引きちぎった。ベルトを外し、靴を脱がせた。ライ・ウイスキーを見つけると、わたしの唇にあてがった。わたしはそれを飲み、喉を詰まらせて吐き出した。そして、メイの手を借りて浴室へ行き、熱い湯を張った湯船につかった。どんなものも、どんな女も、これほどの感動を与えてくれたものはなかった。こんなに気持ちがよかったのははじめてだった。

メイは浴槽の縁に腰かけて、わたしの頭の傷をスポンジで洗った。メイは泣き笑いしていた。「お馬鹿さん。あなたに何かあったら、どうすればいいのよ」

まわりのものが徐々にまともな輪郭を現わしはじめた。メイの顔もずいぶんはっきりと見えるようになっていた。声も普通に聞こえた。「どうやら気を失っていたようだな」

「グラント・パークを過ぎたころから家に着くまでよ。あいつはだれにも見つからないわよね、フィル」

わたしは頭の怪我を指でさわった。血はとまっていた。

「それは無理だろうな。もっとも、春までならだいじょうぶだろう。水の深さが十四フィートくらいあるところまで運んだし、重石はかなりしっかりとつけた。この寒さが浮かびあがるのを防いでくれるだろう。それに、もし天気がこのままなら、朝までに湖はあの辺まで凍るだろうしな」

メイはライを手に取ると、先に飲んでからわたしに勧めた。「それで、もうだいじょうぶなの？」

わたしはまたひと口飲んだ。「だいじょうぶだ」意外なことに、それはほんとうだった。だから、メイに口実を与えてやった。それを探していたのなら。「もう行きたければ、行ってくれていい」

「そうじゃなければ？」

「きみしだいだ」

メイは唇を舌でなぞった。緑の瞳は推し量っているようだった。まるでなんらかの決断をくだそうとしているかのように。「そう簡単にわたしを追い払おうとしても無駄よ」メイはまた傷ついた少女になっていた。「あなたを失っていたらどうなっていたと思うの、フィル。だめよ」

「何がだめなんだ」

「朝までここにいるわ」

メイは立ちあがると浴室から出ていった。わたしは湯船から出てタオルで体を拭いた。体を拭きながら部屋にはいると、メイはドアに鍵をかけていた。こちらを向くとにっこり微笑んだ。「アデルが帰ってきたときのためよ」

こんどはふりではなかった。メイの反応は本物だった。はじめてメイを救済院で見たときの印象は正しかった。わたしの唯一の過ちは、メイを公爵夫人のように扱っていたことだ。

明け方近く、ふたりとも眠りに落ちた。

12

台所は暑かった。その暑さが心地よかった。朝刊を読んでいるあいだに、アデルがわたしの朝食を用意してくれた。

新聞がなぜこれほどかさばっているのか怪訝に思っていると、日曜日の日付が目にはいった。救済院にいたあの浮浪者はまちがっていた。あれは金曜日ではなく、木曜日だった。わたしが五週間の泥酔から醒めた日は。

一面は、選挙の予想と異常な寒波に関する記事で二分されていた。大統領候補の写真が、氷に覆われた木立の写真とせめぎ合っていた。写真の下のキャプションはつぎのように書かれていた。

異常寒波で一変
おとぎの国の公園

グラビア写真欄にはさらに多くの写真が載っており、グラント・パークで撮ったものも一枚含まれていた。凍てついた湖岸と氷に覆われた岩の防波堤が、プラネタリウムのドーム式屋根を背景に、はっきりと写っていた。わたしは喉にせりあがってきた塊をコーヒーで溶かした。長い日曜日になりそうだった。長い一週間に。

アデルがわたしの前に皿を置いた。腫れぼったい目をして、機嫌が悪そうだった。昨晩姉と過ごしたのなら、その姉にはひげがあるにちがいない。

卵の縁は焦げていた。ベーコンはぐにゃぐにゃしていた。トーストもすこし焦げていた。わたしは空腹だった。皿の上のものを平らげて、こぼれた黄味をトーストでぬぐった。

食事を終えると、アデルが文句を言った。「ゆうべ言っておいたわよね。ボイラーの面倒はあなたの仕事だって。

なのにあなたったら、火を消しちゃうなんて。けさあたしが来たとき、火床がほんのちょっぴりしかなかったわよ」

わたしは無精ひげを指でさわった。ひげを剃ったとき上唇に残しておいたのだ。「おれは昇進したんだ。忘れたのか？　ボイラーはしっかり見ておいたほうがいいぞ」

アデルは厚い唇をそり返らせた。不快なことを言おうとしたが、思い直したようだった。「わかりました。おっしゃるとおりにしますわ、ミスター・トマス」

ひっぱたいてその唇から薄ら笑いを消したかった。だが、そうはしなかった。アデルがどう感じているかは想像がついた。この十年間はおいしい仕事だった。メイは無関心で、家の切り盛りを好きにやらせていた。アデルはおそらく肉屋やパン屋や食料品店から袖の下を受け取っていたのだろう。それがいまや蚊帳の外だ。メイがわたしと恋に落ちたことで、アデルは甘い汁が吸えなくなったのだ。

メイはわたしの部屋から出ていく前に、リオへ発つ際にはこの古い屋敷を不動産屋に預けて、できるかぎり高値で売るつもりだと言った。この家は二度と見たくない、わたしと一からやり直すつもりだと言った。フィリップ・トマス夫妻として。リオデジャネイロで。余生を楽に暮らしていけるだけの金を持って。

突然、台所がやけに暑くなった。ナプキンで顔を拭いてテーブルから離れ、廊下を進んで居間へ向かった。本棚を見かけた覚えがあった。

たしかにあった。ヒルは装いやウイスキーと同じように、本にもこだわりがあった。蔵書はこぢんまりとしていたがすばらしかった。書棚の下段に革綴じの地図帳を見つけた。地図によれば、シカゴからリオデジャネイロまでは五三二〇航空マイルだった。シカゴからサンチーノまでは一八一〇マイル。地図帳をもとの場所に戻した。七一三〇マイルも離れれば、キャスのことを思い煩わずにすむかもしれない。

わたしはキャスを思い出したことを後悔した。キャスを思い出したせいで、マリアが思い出された。マリアも一からやり直したがっていた。

〝刑務所に何年か送られたとしても、きれいになって出てこられる。わたしは待ってるわ。最初からやり直しましょう〟

風はやんでおり、広い部屋のなかは暑く、静まり返っていた。だがマリアは死んだ。わたしが殺した。そして男には女が、ちょっとした女が必要だ。それはモラルの問題ではない。肉体的な事実だった。種を保存するための自然の摂理だ。

本棚とリカー・キャビネットのあいだに机があった。引き出しをあけて、万年筆と各種取り揃えられた切手、それにへりを裁ち落としていない耳付き紙の便箋とその揃いの封筒を取り出した。

その便箋を使って、ジョージア州アトランタ、コッブ郡郡記録官宛てに、出生証明書の写しを請求する手紙を書いた――フィリップ・トマス、一九一七年五月十七日ジョージア州アトランタ生まれ、地方集配路線一、三二五号。パスポート取得のためと記入し、フィリップ・トマスとサインして、シカゴの住所を書いた。たしか、ほとんどの人口動態統計局では出生証明書の写しに二ドル請求する。ジョージアもおそらく同じだろう。もっとも、記録官が実際に手紙を見ることはないだろう。こういったことは下級事務員が処理するはずだ。そこで手紙に追伸――**緊急**――を書き加えると、その下に線を引いて十ドル札をクリップで留め、おつりの八ドルがこの手紙をあけた事務員にすばやい対応を促すことを期待した。それから二枚の封筒に宛名を書いた。一枚は記録官宛て、もう一枚はハリー・ヒル氏夫人気付フィリップ・トマス宛て。どちらにも航空便と速達分の切手を貼った。

それが終わると台所へ戻った。アデルはトレーに食事の準備をしていた。わたしはミセス・ヒルのものかと尋ねた。

ふてくされた顔をしたまま、アデルはそうだと答えた。わたしはアデルがトレーにナプキンをかけるまで待った。そして日曜紙を手に取り、アデルからトレーを取りあげた。

「よし、おれが届けてこよう」

アデルはまた辛辣な言葉を吐こうとしたが、こんども思い直した。「お好きなように、ミスター・トマス」アデルは流しの上のボタンを押した。「これでこれから向かうことを知らせるの。ドアに鍵をかけていたときのためにね」

わたしはトレーを持って廊下を進み、階段をのぼった。メイが二階を快適にしておくためには一階を過熱しておかねばならないと言った意味がわかった。

部屋のドアはすこしあいていた。わたしは下のパネルを軽く蹴った。メイが叫んだ。「はいって、フィル」

わたしはドアをあけてなかにはいった。「どうやっておれだとわかった?」

メイは笑った。「アデルはドアを蹴ったりしないもの」

わたしはベッドの足もとにトレーを置き、メイにキスした。「ご機嫌はどうだい?」

メイは両手で髪を後ろになでつけた。「いい気分よ」

「安心したかい」


「ともかく、悪い気分じゃないわ」メイはわたしが脇にはさんでいる新聞に目をやった。「何も載ってなかったわよね?」

わたしはかぶりを振った。「写真が一枚だけだ——あの場所はなんと言うんだっけ」

「グラント・パークよ」

「そいつだ。グラント・パークの写真だけだった」

「よかった」

メイは枕をふくらませてヘッドボードにたてかけると、体を起こした。わたしはメイの膝にナプキンを広げ、その上にトレーを載せた。朝食の内容はわたしとまったく同じだった。卵はうまく焼けており、ベーコンはカリカリで、トーストも焦げていないことを別にすれば。

わたしはベッドの足もとに腰をおろした。「おれの朝食を見せてやりたかったよ。アデルはおれを嫌っているんだろうな。気づいてるんじゃないか」

メイは鼻に皺を寄せてみせた。「もちろん気づいてるわよ。けさ、わたしがちょうど階段をのぼりはじめたとき、あの子は玄関からはいってきたんだから」おもしろがっているようだった。「それに眉をひそめてるんじゃないかしら。つまり、まだ結婚していないのに、あなたと夜を過ごすことについて」

「後悔してるのかい？」

「どう思うの？」

わたしは身を乗りだしてメイにキスしようとしたが、危うくコーヒーをひっくりかえすところだった。メイはまたおもしろがった。わたしは言った。「またの機会にしよう」

メイはおいしそうにトーストを食べた。「楽しみにしてるわ」

メイは目覚めたばかりではなかった。少なくとも、わたしが来るまでに起きていた。アッシュ・ブロンドの髪はとかしたばかりで、洗いたての髪は毛先がまだすこし湿っていた。わたしに乱された化粧は落とし、口紅だけつけていた。卵形の顔は皺もなく穏やかだった。はじめて会ったときより十歳は若く見えた。デイリー・ニューズ社の図書室で見た結婚式の写真と同じくらい若く。

「後悔してないかい」

メイはかぶりを振った。「ちっとも」

そのとき、はじめてその目に気づいた。左目がかすかに腫れて、色が変わっていた。まるでだれかに殴られたかのようだった。わたしはその腫れた肌にふれた。「どうしたんだ」

メイは二枚目のトーストにジャムを塗った。「きのうの夜、あなたが倒れたとき氷にぶつけたの」小さな手のひらを目から六インチのところにかざした。「このくらいまで腫れなかったのが不思議なくらい」

わたしは怪訝に思った。「いままで気づかなかったなんて変だな」

メイはジャムを塗ったトーストにかじりついた。「たしかあなたはほかのことに気を取られていたから」空いているほうの指先でそこにふれた。「ともかく、もう痛くないわ」

「すまない」

メイはわたしの手を軽くたたいた。「そんなこと言わないで。あなたのせいじゃないわ」

わたしは腰をあげて部屋のなかを歩いた。一階は贅沢な家具が備えつけられ、その趣味も非の打ち所はないものの、人が住んでいる気配はなかった。メイはこの部屋に住んでいた。ここはメイにそっくりで、メイのにおいがした。白いループパイルの敷物は足首まで埋まるほど毛足が長かった。散らかった鏡台の隣にはポータブル・バーやケープハート製のレコードチェンジャー、それに豪華なテレビがあった。

一面の壁に張られた鏡にはベッドが映っていた。以前は正面の窓があったところだった。机とバーには生花が飾られ、いたるところに高価な着せ替え人形が置かれていた。ダブルベッドは特大で、ヘッドボードには空色のシルクのキルトが張られていた。ベッドカバーはヘッドボードと揃いだった。シーツは淡い珊瑚色のシルク。メイはベッドから起きあがらずに二十インチのテレビで好きな番組を観ることができた。この部屋は、メイに対するわたしの見方を裏づけた。その見方とはつまり、金や社会的地位は関係ないということだ。こういう女は、売春宿の女将の名簿に載っているのと同じだけ、復員兵向けの小さな家や上流社会にもいる。わたしの新しい恋人の部屋とその内装は、高級娼婦が完璧と考えるたぐいのものだった。

「いい部屋だ」わたしは感心しながら言った。

メイはコーヒーを飲み干して、トレーに載っている首の細い銀のピッチャーから二杯目をついだ。「わたしはここを出て行けばせいせいするでしょうね。十年も閉じこめられていたら、あなたもそう思うはずよ」メイはまた傷ついた少女になっていた。「最初はそんなに悪くなかったけど、ここではただ泣くことしかできないわ」

わたしは煙草に火をつけて、ポータブル・バーにもたれた。「救済院があったろう」

　メイは細い肩をすくめた。「それだってたいして楽しくもなかったわ。もちろん、すこしはハリーへの罪滅ぼしになるかと思ってやっていたわよ。でも、たぶんわたしはあまり熱心な慈善家じゃないんだわ。最初の数週間が過ぎてからは飽き飽きしてた。あなたが現われるまでは」

　そのあけすけな物言いに、わたしは感嘆した。バーの後ろにはドアがあった。どこへつづいているのかと尋ねた。

「ハリーの部屋よ。わたしは二度とはいらないけど、はいりたければどうぞ」

　わたしはドアをあけて部屋をのぞきこんだ。そこは埃と防虫剤のにおいがした。なかにはいって見てまわった。そこは寒かった。ベッドはマットレスがむきだしだった。ふたつ目のドアをあけて化粧室にはいった。死んだカーディーラーの服が整然と吊るされていた。背広が二十着か三十着はあっただろうか、そのほとんどがどちらかといえば派手だった。どれも埃が積もっていた。おそらくヒルが死んでから、防虫剤を追加するとき以外、クローゼットをあけたことはないのだろう。わたしはひどく気が滅入った。

　部屋を出てドアを閉めた。メイは朝食を終えてベッドの縁に腰かけており、くるぶしまですっぽり体を覆う慎み深い白い木綿のガウンを着ていた。

「あそこは気が滅入るでしょう？」

「ああ」わたしはうなずいた。「とてもね」

　リオのことだけを考えてうかれていた気分はすっかり消えていた。なぜか、罠にはめられたような気がした。

13

寒気は水曜日までつづいた。月曜日と火曜日は予想どおりの忙しさだった。服を買った。わたしのスポーツウェアと背広。それにトップコートに帽子にシャツに下着に揃いの装飾品を一式。シャツにはすべてイニシャルを入れ、帽子の内側の汗よけ革にはすべてP・Tと刻印を入れた。

パスポートの写真を撮った。メイの弁護士を訪ねて、緊急パスポートとビザを取得するための段取りをつけた――緊急事態というのはメイの金と、屋敷を出ていきたいというメイの願いだけだったが。救済院へ行き、ニールソンと話をした。不動産屋を訪ねて屋敷を売りに出したが、つぎの月曜日までは公にしないという取り決めを交わした。メイの女友だちふたりと昼食をとった。それは火曜日のことだった。同じ日に旅行会社の青年と話をし、金曜の夜にシカゴ市営空港を発つ便をハバナまで予約した。パスポートが間に合えばそのままリオへ飛ぶつもりだった。間に合わなければハバナに滞在し、メイの弁護士からパスポートが郵送されてくるのを待つことにした。血液検査も受け、結婚許可証を申請した。

これらの慌ただしさは日曜日のあとのいい気晴らしになった。わたしは疲労困憊していた。ほとんど寝て過ごし、ときおり酒をちびちび飲みながら、メイがセックスを求めてこないことに胸をなでおろしていた。

日曜の夜遅く、風が吹き始めて、屋敷はまた話しだした。廊下で物音がした。階上の床板が軋んだ。ドアが開いて閉まった。真夜中を過ぎて間もなく、目に見えない手が窓に打ちつけた板を引っぱり、マーティンがまた窓枠にまたがっていた。

やつはこの前とまったく同じように見えたが、今回は両目が閉じており、くたびれたトップコートから水がしたたっていた。〝この悪党め〟閉じた目から水がにじみ出た。

〝リンクがあの金を持っていっただと？　わたしは一度も見てません。たしかです。てめえは地方検事にそう言ったよな。そのせいでおれは空きっ腹を抱えて寒さに震え、安宿で寝ては警察がやってくるたびにびくびくしてんだよ〟

払いのけるように手を振ると、マーティンは消えた。やつの記憶を消そうとして酒を一気にあおった。そのとき、シーツのことを思い出し、酒が胃のなかで跳ね返った。わたしはかろうじてトイレに駆けこんだ。

やつを包んでいたシーツを岩の上に置き忘れた。一〇八インチ×八四インチの白い布が、いまごろ岩の上で凍りつき、やつの墓の上で旗のようにはためいているだろう——おそらく、隅に出所がたどれる洗濯屋のしるしをつけて。

わたしは自分がひどく酔っていることに気づいていなかった。ふらつく足で廊下を進んだ。アデルの部屋のドアは閉まっていた。わたしは耳を押し当てた。いびきが聞こえた。玄関広間へたどり着き、カーペットを敷いた階段をのぼった。メイのドアは閉まり、鍵がかかっていた。わたしはドアをノックした。

「だれ？」メイが叫んだ。

「フィルだ。話がある」

もう一度ノブをまわそうとした。「ちょっと待って。そんなに慌てないで」とメイは言った。

わたしは待ちながら古い屋敷に耳を澄ました。二階にいると、下の階の話し声が聞こえた。ドアが開いて閉まった。風が板を打ちつけた窓にごみを吹きつけ、玄関の大きなドアを揺さぶった。

メイは小さくなって怯えているようだった。「なに？　どうしたの、フィル」

わたしはメイの肩をつかんだ。「あのシーツだ」

「シーツって？」

「マーティンを包んだやつさ」

「それがどうかしたの？」

「岩の上に忘れてきた。洗濯物は外に出してるのか、それともアデルがやってるのか、どっちだ」

「外に出してるわ。正確にはアデルが外に持っていくわ。いつでも普通の洗濯屋じゃないの。機械を一時間かそこらにつきいくらで貸してくれるようなところよ」

「じゃあ、しるしはつけないんだな？」

「洗濯屋のしるしのこと？　つけないわ」

わたしは安堵のあまり力が抜けて、ドア枠にもたれかかった。

メイはおもしろがった。「けど、どうしてそんなに心配するの、フィル。だれかがシーツを見つけて警察に届けた。そこに洗濯屋のしるしがあった。でもそんなの、マーティンの死体が見つからないかぎりなんの意味もないわ」

「ああ」わたしはうなずいた。

「じゃあ、なぜそんなに心配なの？」

わたしに何が言えただろう。わたしは公認会計士ではないと？　わたしは弁護士だと？　警察がどう動くか知っているということを？　もし連中がシーツの発見された場所に疑念を持てば、いずれ捜査の役に立つかもしれないと、あらゆる情報を集めようとするだろうということを？　いいや。だがこれだけは言える。マーティンの死体が湖の水面に現われたら、十中八九、優秀な殺人課の刑事の二人組がこの屋敷の玄関をノックし、厄介な質問をするだろう──

──

〝さて、説明していただけますか、ミセス・ヒル。この血痕のついたシーツを最後に見たのはいつでしょう。われわれはこのシーツがあなたのものであることをつきとめましたが、これは岩の上で見つかったもので、そこから十五フィートも離れていない湖に、ジェイムズ・マーティンというリンク・モーガンと現金輸送車を襲った三人のうちのひとりと確認された男が捨てられていたんですよ。死体には十八ポンドの建築用ブロックがふたつ結びつけられており、それに使われていた四分の一インチのマニラロープもお宅のものであることがわかってるんです〟

メイの指がわたしの手首に食いこんだ。「それに、死体が見つかるのは、わたしたちがアルゼンチンで何週間か、もしかすると何カ月か過ごしたあとのことよ」

すっかり忘れていた。「そうだな」

メイは体を押しつけてきた。柔らかくて、小さくて、暖かかった。「部屋にはいっていかない？　フィル」

「いや」

「わたしが下へ行くほうがいい？」

セックスのことを考えただけでぞっとした。わたしはメイの額にキスした。「いいや。きみはもう一度眠ったほうがいい。きみの計画をすべて実行するつもりなら、忙しい一日になるはずだ」

メイはしばらく頭をわたしの胸に寄せた。がっかりしたような口調だった。「わかったわ、フィル」

メイがドアを閉めたとき、わたしは腕のなかが空っぽになったような気がした。鍵がまわる音を聞いてから、階段をのろのろとおりて自分の部屋へ戻った。

その日の朝の大半は、わたしの服を買うことに費やされた。われわれの応対をしたのは、制服を二着と運転手のオーバーコートを買ったときと同じ店員だった。

今回、わたしはゆったりとした革の椅子にすわった。あのミセス・ヒルの新しい愛人。なんとも複雑な衝動と心の病を抱えたおかしな女。その男は酔っぱらって街で一番高級なホテルのロビーで笑いものになることができる。親友の妻といるところを見つかることもできる。ほとんどどんなことでも――人殺しさえも――できるし、自分で勘定を払うかぎりはわずかな自尊心にしがみつける。しかし、女に昼食をおごらせることは恥辱にほかならない。この店員が考えていることを知るくらいなら、殴られたほうがましだった。最悪なのは、それが真実だということだ。

メイは背広を一ダース、オーバーコートとトップコートをその半分、スポーツウェアをふたりの男が十年は買い足す必要がなさそうなほど買うように言い張った。わたしはどれも気に入らなかった。わたしに似合いすぎた。マーク

・ハリスに見えすぎた。それはわたしがいつも着ていたたぐいの服だった。さいわい、ズボンはすべて折り返しが必要で、ちょっとした直しがところどころにはいった。わたしはなるべく運転手の格好をしていたかった。できることなら、空港へ向かうまで。

キャスはわたしを忘れてはいない。そう考えると、喉に塊がせりあがってきた。キャスはわたしが死んでいないことを知っている。やつの手下はいまも通りがかりの人々を引きとめている。

〝長身でハンサム。黒い髪には白いものが混じってる。だれもがひと目で気に入るようなタイプだ。愛想がよくて話好き。あんた、見た覚えはないかい〟

つぎはパスポートの写真だった。エレベーターのなかでメイが笑った。わたしは何がおかしいのかと尋ねた。メイは「考えてただけよ」と言った。

「何を?」

メイは鼻に皺を寄せてみせた。「だれでもちょっとした独特のしぐさや癖を持ってるってこと」

「きみが鼻に皺を寄せるように」

「あなたが話すときに顎をあげるように」

「おれは顎をあげたりしない」そう言ったとき、鏡に映る、自分の顎があがっている姿が目にはいった。わたしは笑った。「全然気づかなかったな」

「むきになってるときだけよ」

「おれはほかにどんなことをする?」

「そうね、ときどき、まるでひげを剃るべきかどうか悩んでいるみたいに顔をさわるわ。それからほんとうに興奮したとき、右のこぶしを左の手のひらに打ちつけるの」

「興奮ってどんなふうに?」

メイは唇をなめた。「それより、昨夜あんなふうにわたしを起こしたあと、ちょっとくらい部屋にはいっていけばよかったのに。おやすみって言うだけでも」

店内の写真館はパスポート用の写真は扱っていなかった。一ダースあたり三百ドルの肖像写真を専門にしていた。ところが例のごとく、店はメイを例外扱いにした。予約の必要もなかった。

カメラマンは先にメイを写した。つぎに、わたしの黒い染みのような口ひげをしげしげとながめると、どんなひげにするつもりなのかと尋ねた。

わたしはメイを見た。メイは言った。「鉛筆で描いたような口ひげがいいわ。ほら、エロール・フリンが生やしているような。とても気品があると思うの」

カメラマンはペンシル型の眉墨で輪郭を描き、ひげの色を濃くした。自分の仕事を心得ており、本物の口ひげのように見えた。もっとも、気品があるようには見えなかった。それはわずかに残っていたわたしの特徴を奪い去った。

写真館からメイの弁護士のところには徒歩で向かった。気温はずっとマイナス十八度から変わらなかった。その寒さは人々をうんざりさせるどころか、むしろお祭り気分にさせたようだった。ステート通りの信号で待っているあいだに、あちこちで悪気のない押し合いへし合いが見られた。


わたしは一度か二度、見覚えのある顔を見かけた気がした。通りを渡っているとき、メイがわたしの腕を強く握った。

「あんなわたしが好きなのよね、フィル」

「あんなとは？」

答えとともに白い息がかすかにもれた。「わかってるくせに」

「もちろん」

「じゃあ、なぜ昨夜は部屋にはいってもこなければ、わたしが下へ行くのも断わったの？」

「きみは疲れていただろう。休養が必要だった」

メイの指が深く食いこんだ。「わたしはぜったいそんなに疲れないわ」

ここはそんなことを話すにはまるで不向きな場所だった。わたしはこのやりとりにうんざりした。この女の頭にはほかに考えることがないのだろうか。ただではけっして何も手に入れることはできないということか。メイの夫という肩書きを維持するには、やつれた体に鞭打たねばならないようだ。

「覚えておくよ」とわたしは言った。

メイの法律問題を扱っていたのは、ラサール街にある老舗の弁護士事務所だった。その事務所のことは聞いたことがあった。たしか、おもに民事訴訟と遺言検認に関わる訴訟を扱っていた。われわれはシニア・パートナーのオハラという白髪の男と話をした。オハラがこの結婚によってメイが繭《まゆ》から抜け出すことを喜んでいたとすれば、うまくそれを隠していた。オハラの祝福は、その訴訟手続きと同様に冷ややかでよそよそしいものだった。

わたしもオハラを気に入らなかった。オハラはわたしが死ぬほど退屈していた法の分野を代表していた。わたしは考えずにいられなかった――もし興奮したスロットマシーン王がこの部屋にはいってきて机に銃と札束を置き、こう言ったらどうなるだろうと。

〝なあ、先生。おれはたったいまマキシー・シーゲルを殺してきた。これはそれに使った銃だ。おれはやつの腹を四発撃った。あのいかさま野郎は自業自得だったんだ。おれがこいつを長いあいだ計画していたことはみんな知ってる。やつが郡の北端でマシーンをこてんぱんにやっつけてからずっとな。厄介なのは、おれは頭に血がのぼっちまって、衆人環視のなかでやつを撃ったことだ。もちろん分《ぶ》が悪いのはわかってる。だが自由の身にしてくれたら三万ドル出す。即金で一万、裁判所から出たときに二万だ〟

その一万ドルは陪審員への賄賂に消えた。二万ドルはベネディクト・キャニオンの部屋の頭金にした。あれはまだあの連中と関わり合いになる前のこと、一夜にして金持ちになろうとする前のことだった。オハラにはいまも黒い糸杉の鏡板が張られたオフィスや家があり、妻も子供もいる――それに引き換え、わたしはお尋ね者だ。

オハラは冷ややかな抑揚のない声で話しつづけた。「ミセス・ヒル、あなたのご要望はむろん異例ですし、多大な経費と労力がかかるでしょう。ですが、あなたに関するかぎり、必要な資料はすべてこちらに揃っています。ミスター・トマスの出生証明書がせめて水曜か木曜の朝までに届けば、緊急パスポートは確実にご用意できると思います。金曜日までに、必要なビザをあわせて」

わたしなら二時間で手に入れられるだろう。多大な労力？　何枚かの書類に必要事項を書きこむ。連邦政府ビルへちょっと足を運ぶ。ブラジル領事館にも足を延ばす。いっさい頭は使わなくていい。オハラは椅子から立ちあがる必要すらないだろう。事務所の使い走りで事足りる。なのにこの男はたんまりと報酬を請求するはずだ。わたしは自分が携わっていた法の分野に対して、すこし気分がよくなった。どこにでも泥棒はいる。

メイが尋ねた。「じゃあ、このまま話を進めて予約を取ってだいじょうぶなのね？」

オハラは言った。「ええ。それから、もしパスポートが間に合わなければ、いつでも航空便でお送りしましょう。ハバナのどのホテルに泊まられていても」

オハラは手を差し出して握手をしようとはしなかったが——少なくともわたしとは——メイとわたしの幸せを祈った。廊下に出たとき、わたしはメイに尋ねた。はじめてメイがリオ行きを口にしたときからずっと気にかかっていたことがあった。「きみは十年間あの屋敷にいたわけだろう。なぜこんなに急いで出発するんだ。二、三日遅れたとして、どんなちがいがある」

メイは真剣な面持ちで言った。「このあいだの夜、何があったか知ってるでしょう。それにロイやピティと関わりたくないの」

「ロイやピティ？」

「ロイ・ベラスコとピティ・ホワイト。リンクやマーティンと組んでいた連中よ」メイは目を見開いた。「リンクが盗んだお金をわたしが持っているってマーティンが考えたのなら、ロイとピティがどう考えるか知れたものじゃないわ。それに、あいつらが刑務所から出てくるときシカゴにいたくないの」

「だが、やつらはたしか懲役一年から十年だっただろう。

少なくとも去年の十二月には出所しているはずだ。それどころか、服役態度が良好で減刑されていたら、何年も前に出ているはずだ」

メイはかぶりを振った。「でも連中の態度はよくなかったわ。脱獄を企てて刑期を務めあげるはめになったし、もうすこしで看守を殺すところだったからさらに加算されたの」

「いつ出てくるんだ」

「わからない。州検事局ははっきりとわたしに教えられないらしいんだけど、週の終わりになると考えてるみたい」

「きみはやつらが何かするかもしれないと怯えてるんだな」

「ええ」

「じゃあ、なぜ今夜発たないんだ。キューバまでなら旅行者カードだけで行けるし、朝にはハバナで結婚できる」

メイはかぶりを振った。「だめよ」

「なぜ」

緑の瞳が、わたしの胸から顔をゆっくりと這うようにながめた。メイは小さな声で言った。「わかっているはずよ。言ったじゃない。わたしは一度ひどい過ちを犯したって。同じことを繰り返したくないの。ふたりの愛はまちがいのないものであって欲しいのよ」

すでにわたしと一夜を過ごし、きのうの夜は自分のベッドで過ごさなかったことを責めておきながら？　この女のために、わたしは男をひとり殺しているというのに？

非現実感が戻ってきた。わたしにはわからなかった。さっぱりわからなかった。メイの論理はどこかひどくねじれていた。どこかでたらめだった。

自分の頭がゆっくりと風船のようにふくらんでいる気がした。ふくらみすぎると破裂してしまうだろう。

14

屋敷へ戻る途中、マーティンを捨てた防波堤のそばを通った。車からシーツは見えなかった。だれかに拾われたか、風に吹き飛ばされたか。あるいは氷の下に隠れているか。湖岸と防波堤はほとんど見分けがつかなかった。人の背丈ほどもあるごつごつした氷がひしめきあっているだけだった。

その夜、サンドイッチを詰めた大きなバスケットをふたつ持って、救済院を訪れた。アデルはまだ機嫌が悪かった。メイは見るからに退屈していた。ニールソンはわたしがしらふで澄んだ目をし、いい身なりをしているのを見て狂喜した。わたしは聖書の証だった。救われた子羊。群れに戻ってきた九十九頭の羊たちより優れた黒い子羊だった。

わたしはニールソンを幻滅させなかった。メイがわたしとの結婚式を執りおこなって欲しいと頼んだとき、ニールソンはさらに喜んだ。日取りをひとまず金曜日の夜八時に決めると、われわれは救済院をあとにした。

古い屋敷はひと晩じゅう話しつづけた。わたしは夜のほとんどをメイと過ごした。わたしの服の代金を支払い、わたしのリオ行きの航空券を分割払いで購入しようとしている女と。わたしは鏡張りの壁に苛立った。まるでふたりの女とベッドにいるような気がした——どちらも貪欲な女と。

朝方にメイはいつしか眠りに落ちた。わたしはメイを腕に抱いたまま、薄暗い鏡張りの壁に見入りながら耳を澄ました。ドアが開いて閉まった。板が軋んだ。アデルの部屋のトイレの水が流れた。鼠が壁のあいだの隙間を走りまわった。足音が聞こえた気がした。メイを起こさないようにそっとベッドから抜け出して、カーペットが敷かれた階段を見おろした。玄関はしっかりと閉まっていた。

廊下からヒルの部屋のドアをあけて明かりをつけた。埃はそのままだった。浴室にはだれもいなかった。がらんどうの部屋は、はじめてはいったときよりも気が滅入った。

明かりを消してドアを閉めた。廊下にほのかな明かりがついていた。わたしは細長い絨毯をたどって屋敷の奥へ向かい、それまで気づかなかったドアをあけようとした。ドアが開くと、暗い階段につづいていた。寝室に戻って紙マッチとマーティンの死体から手に入れた銃を取ってくると、その階段をのぼった。のぼりきったところにもうひとつドアがあった。ドアをあけてマッチを擦った。

ドアは床板を敷いた屋根裏部屋に通じており、そこはかつて舞踏室だったことが見て取れた。よくあるように、樽や箱や古い雑誌の束が散らかっていた。冷たいすきま風がマッチの火を消した。もう一本擦って、部屋に足を踏み入れた。そのとき、柔らかいべたべたするものが顔に貼りついた。大声をあげそうになるのをこらえてそれを引っ掻いた。マッチを落とし、うっかり踏みつけた。顔についたのは埃まみれの蜘蛛の巣だった。わたしは手でそれを払った。蜘蛛の巣は指にからみついた——それは柔らかく、気味の悪い、ぞっとするような代物だった。わたしは指を腿でぬぐった。屋敷の板は軋みつづけた。ドアはなおも開いて閉まった。軒先で風は唸りつづけた。足音はつづいた。

そこはひどく寒かった。わたしは屋根裏部屋のドアを閉めて、震えながら階段をおりた。メイは目を覚ましてベッドに起きあがっていた。胸が呼吸とともに上下した。わたしがドアにもたれると、メイは尋ねた。「どこにいたの？　どうしてわたしをこんなにこわがらせるの」

鏡張りの壁、人形、そしてキルトを張った青いヘッドボードの光景に、わたしは吐き気をもよおした。この部屋は売春宿のようなにおいがした。思いきり吐きたかった。

メイは言いつのった。「目を覚ましたらあなたがいなくて、心臓がとまるかと思ったわ。いったいどこにいたの」「足音がしたと思ったんだ」

メイは手のひらをこめかみに押しあてて、髪を後ろになでおろしながらうなじでまとめて扇状にした。胸がその動きにあわせてふくらんだ。「どんな足音?」

「男の」

「何人?」

「ひとり」

「こそ泥がいると思ったってこと?」

わたしはまだ震えていた。「ああ」

メイはこわがるのをやめておもしろがった。「ドアには全部鍵を二重につけてるし、窓には板を打ちつけてるのに?」

「それでも」

メイの舌が上唇をなめた。「馬鹿ね、フィル。気のせいよ」メイは枕にもたれた。緑の瞳が糸のように細くなった。片膝を立ててゆっくりと左右に揺らした。身に着けている薄いシルクが翻った。ナイトテーブルの上のランプの光のなか、ピンクと白の体は信じられないほど美しかったが、どこか言葉にできないほど邪悪だった。

やがて、メイは痛みと歓喜を隔てるあの細い一線を越えた。目に見えない指がわたしの股間を締めつけた。手のひらがじっとり濡れた。腿でぬぐうと、まだ銃を持っていたことに気がついた。銃をナイトテーブルに置いた。

メイの小さな手がシーツを軽くたたいた。「ベッドに戻ってきて、フィル」

それは頼んでいるのではなく、命令だった……


不動産屋の名前はチャールズ・A・グリーソンといった。事務所は屋敷から二ブロック先の、市街電車が走っているさびれたビジネス街にあった。太った男でよく笑い、赤毛の前髪のせいで中世の修道士のように見えた。グリーソンは屋敷の売却を喜んで引き受けた。メイとの話しぶりから、このふたりは以前にもこの件について話したことがあるという印象を受けた。

屋敷は家具つきで売り出されることになった。本や家具や絨毯類の売却については、こういったことを専門にしている会社をメイが手配していた。屋敷の売却価格は建築時の費用の五分の一程度にするといいでしょう、とグリーソンは言った。もっとも、グリーソンも指摘したように、近隣の価格が値下がりしているため、実際の価値は屋敷の地価だけだろう。グリーソンが心当たりのある買い手は、建物を壊すかもしれないということだった。隣の中古車置き場の持ち主に売るつもりなのだろうという印象を受けた。

フィールズの店員とちがって、グリーソンはメイがわたしを婚約者だと紹介したときも、瞳の奥に上品な含み笑いを浮かべたりしなかった。おそらく、わたしが制服を着ていなかったからだろう。その日の朝から手直しした服が届きはじめ、メイはわたしにぱりっとしたハード仕立てのグレーの背広と、三百ドルしたグレーのアルパカのラップコートと（わたしがこれまでに着たどのオーバーコートよりも暖かかった）、ライトグレーのつば広のボルサリーノ帽を身に着けるようしきりに勧めた。

わたしは金そのもののように見えた。まずいことに、マーク・ハリスのようにも見えた。変装といえば、三日分の口ひげだけだった。メイはわたしをミスター・トマス、ジョージア州アトランタ出身の公認会計士だと紹介した。

グリーソンは、メイのような美しい女性がなぜ長いこと再婚しないのか、たびたび不思議に思っていたと言って笑い、メイとわたしが事務所を出るとき幸運を祈ってくれた。

グリーソンが事務所の窓からメイの細い足首と背中に見惚れているのを見ながら、わたしはメイがキャデラックの助手席へ乗りこむのに手を貸した。

車のなかでメイは微笑んだ。「これで片づいたわ」手をわたしの膝に置いた。「どんな気分？　フィリップ」

わたしに何が言えるというのか。まるでピンクのフラシ天を内側に張った、ソーセージ練り器のなかを通ったような気分だということを？　「悪くない。つぎはどこへ？」

「銀行へ行きたいわ。それから予約を申しこみにいきましょう。それからランチ。そのあとは血液検査と結婚許可証の手配」膝に置かれた指に力がはいった。「フィル――」

「ん？」

「もしよければ、ランチに人を呼んでもいいかしら」

「だれだい？」

「グウェン・アンダース。このあいだフィールズで会った子よ。同じ学校に通ってたの」メイは二本の指をくっつけた。「わたしたち、ちょうどこんなふうだったわ。だから、どうしてもあなたを見せびらかしたいのよ」

わたしはミス・アンダースと昼食をとってもかまわないと言った。

メイは微笑んだ。「ありがとう、フィル。もっと時間があれば、あの古い家に打ちつけてる板を全部外してパーティを開くのに。むかしの仲間に、わたしがどんなに幸せか見せつけるためだけに」

わたしはちくりと棘を刺した。「ロイ・ベラスコとピティ・ホワイトがいまにも襲いかかってくるんじゃなかったのか」

メイは深く息を吸いこんだ。「そんなこと、冗談でも言わないで」

メイは銀行ですこし時間がかかるだろうから、一時間後に迎えにきて欲しいと言った。待っているあいだ、バーに寄って一杯やってはどうかとわたしに勧めた。わたしはその代わりに図書館からさほど離れていない駐車場を見つけ、閲覧室で時間を潰した。万が一、ミス・アンダースがアトランタのことを知っている場合に備えて。

アトランタがジョージアの州都だということは知っていたが、そこで学んだのはアトランタがアレゲーニー分水界にあり、標高は一〇〇〇から一一七五フィート、ワシントンとニューオーリンズのあいだで一番大きな都市であり、その生活と発展は鉄道に負っていること。ディクシーとバンクヘッドのハイウェイが通り、メトロポリタン・エリアはおよそ二二一平方マイルに及ぶ。六十一の広場や公園や空き地があり、とりわけ大きい公園はレイクウッド、ピードモント、グラントの三つ。作家のジョエル・チャンドラー・ハリスやゴルファーのボビー・ジョーンズの生誕地。市庁舎の前にはヘンリー・W・グレイディ——何者かは知らないが——の像がある（ジャーナリスト。《アトランタ・コンスティテューション》紙の編集長を務めた）。水源はチャタフーチー川。教育機関はジョージア工科大学のほかに、オーグルソープ大学、女子大のアグネス・スコット・カレッジ、カレッジ・パークにあるジョージア陸軍士官学校。新聞は《コンスティテューション》、《ジャーナル》、《ジョージアン》。

また、メトロポリタン・エリアにフルトン郡やデカルブ郡は含まれているが、コッブ郡は含まれていないことも知った。誤って、出生証明書の写しをコッブ郡の記録官宛てに請求してしまった。わたしはあの興信所の報告書を思い起こした。あれにはトマスがコッブ郡で生まれたとは書かれていなかった。コッブ郡はトマスの結婚が記録されていたところだ。手紙が正しい部署へまわされていることを祈るしかない。

銀行へメイを迎えに行くと、正面の縁石のところで待っていた。メイが身に着けていたのはミンクのコートと縁なし帽子だった。頬は寒さでほんのり赤らんでいた。瞳は澄み、顔は輝いていた。

メイが車に乗りこんだとき、小さな革ケースを持っており、それはなんだとわたしは尋ねた。メイは宝石箱だと答え、ヒルが亡くなった直後から貸金庫に預けていたものだと言った。箱をあけて、一番上のトレーをわたしに見せた。夜会用のダイヤモンドの指輪、ブローチ、飾りピン、ブレスレットがはいっており、それだけでベネディクト・キャニオンの部屋が即金で買えただろう。

「母のものもあるのよ」

まるで新婚旅行のあとアメリカへ、少なくともシカゴには戻ってこないつもりみたいじゃないか、とわたしは言った。

メイはかぶりを振った。「戻らないわ。あなたがそれでよければだけど」

わたしはかまわなかった。そう言った。

メイはつづけた。「二度とシカゴは見たくないの」ハンドバッグから札束を取り出すとわたしに渡した。「当座のお金よ。あと飛行機の予約ができたらそのチケット代にして」

わたしはわざわざ札束を数えたりせずに上着の胸ポケットへ入れた。ミス・アンダースとの昼食会は、一流ホテルの〈パーマー・ハウス〉のダイニングルームでおこなわれることになっていた。まだ十二時十五分だったので、待っているあいだに一階の中央ホールにある旅行会社のマネージャーと話をした。

その青年はマイアミ経由のハバナ行き直行便があると言った。それはシカゴ市営空港から毎晩十一時五十五分に出ていた。ハバナから中央アメリカや南米に向かう便は数え切れないほどあった。ただし、もしそうした旅行を考えているなら、できるだけ早く予約することをお薦めする、と青年は言った。季節はずれの寒さのために、南へ向かう空の交通量が三倍になっているからだという。われわれを騙そうとしているのではなかった。ただ事実を述べていた。

わたしはメイと相談した。ニールソンは八時に結婚式をおこなう予定だった。パスポートが間に合うという確信があれば、リオへの直行便を予約できる。だが確信はなかった。メイはすでにオハラといざというときの段取りをつけており、もしパスポートが遅れたときはハバナのホテルへ郵送されることになっていた。金曜の夜の便を押さえておけば、最初の行程が確保できる。メイはできるだけ人目を引きたくないと言った。わたしも同じだった。もし金曜の夜十一時五十五分に発てば、結婚式のあとに三時間五十五分の余裕ができて、やり残した仕事を片づけられる。

わたしは金曜の夜の便を押さえられるかと尋ねた。マネージャーは電話をかけ、できると答えた。チケットは女の子が用意し、わたしはメイから渡された金で代金を支払った。

中央ホールに戻ったとき、わたしは一ダースにつき六十ドルのハンカチで顔を拭いた。それはメイに買えと勧められたものだった。

ここまでは順調だった。

15

アンダースという女は、裕福でいい教育を受けた馬鹿の典型で、最後に建設的な考えをしたのは、ふたりが卒業した名門のお嬢さん学校で、雛菊の花綱の一端を持った日のことだった。

アトランタに住んでいたことはなかった。そんな心配をする必要すらなかった。この女の知識といえば、いいレストランとナイトクラブ、それに、だれそれの夫の車がなんとかいう妻の都会の別宅の前に停めてあったとき、だれそれの夫の妻となんとかいう妻の夫はナッソーでよろしくやっていた、などということにかぎられていただろう。

「想像できる？　ダーリン」

このときでさえ、カントリークラブと馬好きの連中のことにかぎられていたにちがいない。きれいな女だった。察するところ、二度結婚していた。金を持っていた。おそらくメイと同じくらい。身に着けている服やダイヤモンドや毛皮から、そうとわかった。わたしは話に耳を傾けながら魅了されていた。それはボッカチオをイタリア語の原文で読むくらい心地よかった。

一度か二度、彼女の脚がわたしの脚に軽くふれた。向こうはとくに急いで離そうとはしなかった。わたしを気に入っていた。わたしをハンサムだと思っていた。メイのことを〝すっごくラッキーな子〟だと考えていた。実際にそう言った。メイがわたしは公認会計士で、出会いはややこしい会計処理を解決してもらったときだったと話したときですら、ていねいに揃えた眉の片方を吊りあげただけだった。ついこのあいだ会ったとき、わたしは運転手の制服を着ていたというのに。だが、その瞳にはある種の輝きがあった。電話にたどり着いたとたん、舌にスイッチがはいるのが目に見えるようだった。

〝メイったら、いまになって運転手と結婚しようとしてるのよ、ダーリン。想像できる？　でも、いい男ではあったわ。ほら、男らしいタイプ。背が高くて、髪は黒くて、あら、わたしったら。たぶん、あのごたごたのあと十年もなしですごしたものだから、えり好みをする余裕がなかったんじゃないかしら。うんうん。わたしもそう感じたの。わたしだって最初の申し出に飛びついちゃうでしょうね〟

昼食は申し分がなかった。わたしは食事を楽しんだ。メイとミス・アンダースは話しつづけた。わたしが会話に興味を失ってバカルディのダブルを飲んでいるあいだ、ふたりは互いの小さなピンクのメスで共通の友人を切り刻んだ。

ラムはライよりきつくなかった。喉が焼けるようなグラッパが飲みたかった。キャスの父親がワインをボトルに詰めたあと、樽に残った残りかすから作ったやつが。オリヴァー通りは楽しかった。下層階級の地域ではあっても。あそこへ戻りたかった。マリアにまだ生きていて欲しかった。キャスとまだ友だちでいたかった。玉突き場やボーリング場を経営していたかった。それは子供たちの夢であり、わたしも夢見たものだった。オリヴァー通りを離れて、だれも幸せにはならなかった。それはおそらく、あそこではいまでも白は白、黒は黒であり、もしほかの男の女房とベッドにいるところを捕まれば、歯をへし折られるだけではすまないからだろう。あそこには間男などいない。結婚していなければ、地元の娼婦以外とはやらない。結婚していないのにやれば、ただちに結婚する。オリヴァー通りと『出エジプト記』とのちがいは、水道設備しかない安アパートと毛織りテントのちがいだけだった。あそこではいまだに〝目には目を、歯には歯を、手には手を、脚には脚を〟が信じられていた。

マリアとオリヴァー通りに残っていれば、こんな悪夢は起こらなかった。だがそうしなかった。わたしは大物にならなければならなかった。スタンフォードを首席で卒業しなければならなかった。天才青年にならねばならなかった。とうにねじ曲がっている正義の車輪に、強欲な指を突っこまずにはいられなかった。わたしは神のように振る舞い、悪魔を騙さなければならなかった――報酬のために。その一方で、わたしのほんとうの精神的、感情的な規範は、玉突き場の経営だった。

頭のなかの車輪がまわりはじめた。大きな旧式の蒸気機関車4-6-2の動輪のように、轟音を立てて山道を通り抜け、下り坂を惰性でおりながらサンチーノへ向かっていく。まわって、まわって、まわって。原因と結果。悔い改めと救い。ドラムに本物の二十五セント硬貨をほうってやれば、おまえも救われる。

柔らかく、ひんやりしたものが手の甲にふれた。わたしは自分の手を見た。ミス・アンダースの指がわたしの指に重ねられていた。わたしは目をあげて視線をあわせた。

「なにをそんなにぼんやりしてらっしゃるの?」ミス・アンダースは微笑んだ。「考えていることを教えてくだされば、ぴかぴかの一セント硬貨を差しあげるわ、ミスター・トマス」

「考えていただけですよ」わたしは嘘をついた。「ハバナはこの時期、とても気持ちがいいにちがいないとね」

それから間もなく、われわれは別れた。メイとグウェン・アンダースはキスを交わしてすこし涙ぐんだ。グウェンはメイのことがとてもうれしかったから。メイはグウェンが喜んでくれたことがとてもうれしかったから。そしてグウェンはわたしと握手をすると、とっても幸せになってねと言って立ち去った。おそらく、一番近い電話ボックスへ向かっているだろう。

〝ダーリン、たったいま、だれとランチしてきたかあててみて。はずれ。メイ・ヒルよ。彼女、運転手と結婚するんですって。想像できる? ええ、もちろんいい男だったわ……〟

メイは毛皮に包まれた友人の背中を見えなくなるまで見つめていた。口もとから笑みが消えた。「いけ好かない女」

「じゃあ、なぜ昼食に招いたんだ」

メイは緑の瞳をわたしに向けた。舌の先がゆっくりと上唇をなめた。「それはね」

「それは？」

「それは、あの女にあなたを会わせたかったの。わたしが結婚しようとしている男性がどれほどすばらしいか、友だちみんなに言いふらして欲しかったのよ」

女というやつは！

イリノイの法律についてわたしが知っていたのは、ふたりとも血液検査を受けて性病にかかっていないことを記した証明書を入手してからでなければ、結婚許可証は発行されないということだった。許可証が発行される前か後に、待機の必要があるかどうかまでは知らなかった。いくつかの州では、申請書を作成してから許可証が発行されるまで、二日から五日待たねばならなかった。ユタでは許可証が発行されたあと、五日間待たねばならなかった。ロードアイランドは、本人が自分のしようとしていることをわかっているかどうか確かめるために、申請前と申請後に五日間の待機があった。

イリノイの法律について知っているかとメイに尋ねた。自信はないけど待機期間はなかったと思う、とメイは答えた。わたしはベルボーイに確かめた。その青年は、血液検査は必須だが待機期間はないと答えた。ある研究所のカードを差し出し、そういったテストを専門にしているところだと言った。

その研究所は、市庁舎から数ブロックのところにある古びたオフィスビルの三階にはいっていた。ぼったくられるのではないかという気がした。無愛想なブルネットが、看護婦の制服を着ているが制帽や記章はつけずに、受付の席に陣取っていた。メイとわたしがドアをあけてなかにはいったとき、メイのミンクのコートとわたしの三百ドルのアルパカを値踏みして、それに応じて料金を吊りあげた。

ブルネットは鉛筆で歯をたたきながら話した。「血液検査の通常料金は十ドルです。証明書が発行されるまでの標準待機期間は三日になります。鉛筆を口から出すと、フローレンス・ナイチンゲールよろしく振る舞った。その笑みはむしろ、利札を切り取ろうとしている若かりしころの〝ウォール街の魔女〟ヘティ・グリーンにそっくりだった。ですが、もし待機はご都合が悪かったり、特別お急ぎだったりする場合は、すぐに検査して、ただちに証明書を発行します。

汗は表面上とまっていた。いまでは内面だけになっていたが、車輪はなおもまわりつづけていた。虚空を駆け抜け、どこか知らない目的地へ向かっているような気がした。この混雑したループから抜け出し、一刻も早く身を隠したかった。そうしなければならなかった。わたしの運はここまでが限界だった。シカゴは西海岸から一八〇〇マイルしか離れていない。もう運転手の制服を着ていないし、変装は生えかけの口ひげだけだ。ロサンゼルスやサンチーノやサンフランシスコにいるわたしの知人――さまざまな興味を持つ連中――には、西海岸とシカゴのあいだをほぼ毎日行き来している者が何十人もいる。〈パーマー・ハウス〉のロビーや路上で、いつなんどき肩に手を置かれるか、聞き覚えのある声が聞こえるかと気が気じゃなかった――

〝なんと、おい、弁護士《カウンセラー》先生。マーク、こいつめ。てっきり死んだと思ってたぞ。きみがあの高性能車でモントレー付近の崖から転落したって《ロサンゼルス・タイムズ》で読んだのを、はっきりと覚えてるんだがな〟

肌があわだった。つぎにやってくるのはゆるやかな恐怖、後じさり、そしてわたしを見分けた男はようやく気づく。もし死んでいないのならわたしは人殺しであることを、わたしはマリアを殺して指名手配されていたことを。警官の鋭い呼び子笛の音がそのあとにつづくかもしれないし、つづかないかもしれない。

ひとつだけたしかなことがある。メイは金切り声で叫んでいるだろう。〝嘘だったのね！　あなたはフィリップ・トマスじゃない。あのひと、あなたのことをカウンセラーって呼んだわ。あなたは弁護士ってことじゃない。カリフォルニアの弁護士だったのね。それにあなたは何かに怯えてる、それもひどく。いったい何に怯えてるの？〟

汗でじっとりと冷たい指先で札束をさわり、コートの胸ポケットに入れたハバナ行きの二枚のチケットもさわった。

「それはよかった」わたしはブルネットに言った。「たまたま、すこしばかり急いでいてね」

「わかりました。では、おふたりともこちらへどうぞ」

エレベーターに乗っていた時間と、ブルネットと話していた時間を計算してみると、事務所の外と中で十分にもならなかった。もしメイかわたしの血液中にスピロヘータが含まれていれば、退屈した検査技師が顕微鏡に血を塗ったスライドをセットして数秒のうちに、激しくうごめいてその存在を知らせようとしたにちがいない。

少額の追加手数料は通常料金の二倍だった。わたしは証明書をポケットに入れ、請求された料金をブルネットに支払ってそこを離れた。証明書を手に入れたとたん自分の選んだ女性と同居することを医学的に許され、シャーマンかそのたぐいが呪文をつぶやいてわれわれの性欲《リビドー》を清め、その証明書を合法的なものとした。呪文は最後にこう締めくくられた。「五ドルになります」

外はまだ寒かったものの、厳しさはすこし和らいだようだった。われわれは西のクラーク通りへ向かい、道を渡って市庁舎にはいった。

結婚許可証交付局は二階だった。石の階段をのぼって右に曲がった。この寒さにもかかわらず、十組ほどのカップルが許可証を申請していた。列に並ぶと、メイがわたしの手を握りしめた。

「幸せ？」

「天にも昇るくらいさ」わたしは嘘をついた。

メイは興奮してまたわたしの手を握りしめた。「列の先頭にいる人を見て、フィル」

その娘に目をやると、事務員とハンサムすぎるほどの青年に向かって交互に微笑みかけていた。どの顔にも見覚えはない。メイにあの娘はだれだと尋ねた。

「モーナ・ランドン。隣にいるのは共演している主演男優よ。名前は思い出せないけど。わたしあのふたりを毎朝観てるの。十一時に。『魅惑の時間』で」

「テレビ女優かい？」

「そうなの」

列が大きく動いた。わたしは前に移動してとまった。童顔の記者がレターヘッドのない黄色い便箋にメモを取りながら、モーナ・ランドンに話しかけていた。

記者の真後ろで歯をシーシー言わせている退屈したカメラマンが、順番待ちの列をながめながらカメラのフラッシュバルブを合わせた。

体に浮かんでいた汗が凍りついた。逃げ出したかったが、その勇気はなかった。わたしはフィリップ・トマスだ。隠すことは何もないし、カメラを恐れる理由もない、ただの気のいいジョージア人だ。さも帽子を直そうとするかのようにさりげなく手を伸ばし、ボルサリーノ帽のつばを引っぱってカメラマンに近いほうの目を隠したちょうどそのとき、フラッシュバルブが焚かれた。

カメラマンは二枚目の写真を撮り、テレビ女優は一枚目よりも歯を見せて笑った。記者があと二、三の質問をした。そしてメモ帳をトップコートのポケットに入れると、カメラマンとともに、モーナ・ランドンと未来の夫を連れて出ていった。おそらく、最寄りのバーで祝杯をあげるのだろう。

メイとわたしは前に進んだ。メイがわたしの腕を握った。

「どきどきしたわね、フィル」

わたしは帽子を取り、汗よけ革をぬぐった。「ああ。そうだな」

わたしの身はまだ安全かもしれない。まだだいじょうぶかもしれない。あのカメラマンがどれだけ広角のレンズを使っていたか、わたしかメイが二枚の写真のどちらかにはいっていたかどうかを知る術はなかった。写真を見るまでわからない。

わたしはメイに尋ねた。「『魅惑の時間』は地元の番組かい？」

メイはかぶりを振った。「いいえ。チェーン・プログラムよ。全国に放送されるの」

16

水曜日はつつがなくはじまり、わたしは玄関の鍵をあけてポーチへ新聞を取りにいった。寒さは夜のうちにずいぶん和らいでいた。まだ肌寒かったものの、太陽は輝き、ここ数日に比べて暖かい朝であり、まだこれから暖かくなろうとしていた。

しばし玄関ポーチにたたずみ、新鮮な空気を胸いっぱいに吸いこんで、一本目の煙草を吸った。笑いさざめくバラ色の頬をした少女の一団が――七つより上の子はいないだろう――屋敷の前の歩道で石蹴りをしていた。若いというのはいいものだった。若さがはずんでいた。

子供たちをながめながら、わたしはその甲高い笑い声を、そのひたむきさを楽しんでいた。ひとりの少女が、番号を書いた四角い区画から区画へ飛び跳ねて、自分の目印がある〝ホーム〟へ懸命にたどり着こうとしていた。小さな舌を口の端にしっかりとつけ、左足を後ろに曲げ、手に擦り切れた靴を持っていた。その子はわたしが見ていることに気づくと、跳びはねるのをやめた。

わたしは丸めた新聞を軽く振って挨拶した。「やあ」笑い声がやみ、子供たちはわたしを見た。跳びはねていた少女は足を歩道におろした。別の少女が目印にしていた潰れたビールの空き缶を拾うと、子供たちは無言で歩きつづけ、みすぼらしい小さなコートの裾を揺らしながら、板を打ちつけた古い屋敷のドアがあいて妙な男に〝やあ〟と声をかけられても、自分たちが怯えていないことを示そうとした。この子たちの母親がこの屋敷についてどんな話をしているか、知れたものではなかった。

わたしはあんなことをしなければよかったと後悔した。こわがらせるつもりはなかった。ただ、愛想よくしたかっただけだ。子供たちはまた、中古車置き場の前の歩道に、こんどはもっと大きな四角を描いた。以前話をした店員がそれを見に外へ出てきた。子供たちは店員の脚のまわりに群がった。チョークで線を描き終えると、店員が最初に缶を蹴り、子供たちがお腹を抱えたり抱き合ったりして笑い転げるなか、ぎこちなく跳びはねた。

わたしはドアを閉めて鍵をかけ、古い屋敷に閉じこめられた。さながら別世界にはいりこんだかのようだった。かび臭い静寂と退廃、不毛の情熱と悪徳の世界。男が広間で死んだ。女は階段で犯された。それにマーティン。もし。もし天気が暖かくなりつづけたら、もしマーティンを縛ったロープが外れたら、もし死体が浮かびやすくなっていたら、氷が溶けだすとともに水面に現われるだろう。そして警察はどこまでも追ってくる。わたしは知っていた。わたしは弁護士だ。以前、逃亡犯引き渡し事件の弁論をおこなったことがあり、人殺しをサンパウロから連れ戻した。サンパウロはリオからほんの数百マイルだ。ボイラーを使ったほうが利口だったかもしれない——厄介な問題があったにせよ。

わたしは一ページずつ新聞に目を通しながらコーヒーを飲んだ。写真は娯楽面の二番目の欄、テレビ番組表の向かいに載っていた。キャプションはモーナ・ランドンについて書かれていたが、レンズは列に並んで待っているカップル全員まで写していた。

メイは可愛らしく写っていた。わたしはあまりうまくやれなかった。顔が出ていた。帽子のつばをおろしても、なんの役にも立たなかった。かえって人目を引くはめになっただけだ。わたしは写真をじっくり観察した。もっとも、カリフォルニアでわたしを知っていただれかに気づかれるかどうかは疑わしかった。わたしは変わっていた。マーク・ハリスは死んだ。ここに残っているのはやつの抜け殻だけ、やつれた顔とくぼんだ目をした、子供たちをこわがらせる男にすぎなかった。わたしは自分がこれほどひどい顔をしているとは知らなかった。心の緊張が顔に現われていた。目の下はたるんでいた。口ひげは滑稽で、顔にわずかに残っていた力強さも消し去っていた。あの子供たちが怯えたのも無理はない。高価なコートに身を包み、ミンクをまとった可愛いブロンド女に片手をまわしたわたしは、どこから見てもポン引きだった。陰からささやきが聞こえた。

〝よう、兄さん。ちょっと遊んでいかないか〟

わたしは写真の下のクレジットラインを見た。最悪だった。それは地元紙のものではなく、AP通信のものだった。メイとキャプションによると、このランドンという娘は、全米で放送されるスポンサーつきテレビ番組のスターだった。つまり、この写真は全国に配信され、〈APワイヤフォト・サービス〉に出資しているすべての新聞社で使用できるということだ。サンチーノの地元紙が出資していたかどうか思い出そうとしたができなかった。たぶんしているだろう。

アデルが、なぜ食事をしないのかと尋ねた。

食べ物のことを考えると吐き気がした。わたしは怒鳴った。「腹が減ってないんだ」

もしキャスが写真を見なかったとしても、手下のひとりが言いだすだろう。〝おやおや、シカゴにだれがいると思います〟

AP通信の記者は当たりを逃した。メイとわたしの結婚は、ランドン嬢と主演男優との結婚よりもはるかに大きなニュースだった。わたしはついていた。とはいうものの、もしキャスの手下が写真を見れば、居場所を突きとめるのは難しいことではないだろう。

もう一度新聞に目を通し、人口動態統計欄を見つけた。そこには結婚許可が列挙されていた。われわれのものはつぎのように書かれていた――

フィリップ・トマス、三十五歳、ジョージア州アトランタ生まれ

メイ・ヒル、二十八歳、シカゴ、サウス・エムデン・コート二三一五

汗が体の表面に吹き出した。もしキャスの手下が写真を見てわたしに気づけば、写真とこの住所を容易に結びつけるだろう。ランドンと同じ日に許可証を申請したカップルが多かったとしても。単純な消去法を使えばいい。

わたしはネクタイをゆるめて、シャツの一番上のボタンを外し、また頭のなかで逃避した。息を切らしてどこでもないところからどこでもないところへ走り、良心の呵責に自らを傷つけ、見慣れたガラスの壁をのぼった。

メイに渡された札束はまだ千ドル以上残っていた。帽子をかぶり、煙草を、シェービングクリームを、剃刀の刃を、この屋敷を出ていくためならなんでもいいから買ってくると言って、そのまま歩きつづけようかと思った。汗で目が見えなくなりながら、わたしは椅子を後ろに引いて立ちあがった。

「立たないで。お願い、フィル」

わたしは台所の戸口に目をやった。メイが透けるように薄いナイロンのネグリジェを着ていた。あの最初の夜、わ

たしが指示を仰ぐために部屋へ行ったとき、着ていたものだった。後ろに明かりがなくても、そこには実体があり、肉体があった。髪はまだとかしていなかった。まるで、よく寝たせいですこし毛並みが乱れている黄褐色の子猫のようだった。メイにはよく眠れる理由があった。

メイは上品にあくびを噛み殺すと、なまめかしく伸びをした。「目が覚めたとき寂しかったわ。だからここであなたと朝食をとろうと思ったの。いいでしょ？」

わたしはやっとのことで息を整え、椅子を引いてやった。

「もちろん。うれしいよ」

アデルがきれいな顔に薄ら笑いを浮かべながら尋ねた。

「けさは卵をふたつですか、それとも三つですか、ミセス・ヒル」

メイは考えこんだ。「三つかしら。それからトーストとベーコンをたくさん持ってきて」

わたしは思わず顔を赤らめた。

午後はふたりでメイが集めた旅行パンフレットをながめ、リオを隅々まで見たあとはどこへ行くか検討した。パンフレットはタイ、ビルマ、スマトラ、バリ、インド、南アフリカのものがあった。世界にこれほど多くの国があるということを、わたしはこれまでじっくり認識したことはなかった。パニックがいくらかおさまった。普通に呼吸ができるようになった。キャスの手下のだれもあの写真を見ないかもしれないし、キャスの注意を引くこともないかもしれない。もしだれかが見たとしても、わたしは金曜の夜の便で発ち、世界には身を隠す場所がいくらでもある。

フィールズで買った品物の残りが届いた。メイの提案で、屋根裏から薄い幅広の旅行用トランクと高価な鞄を六個おろした。どれも荷物を詰める前に埃を払い、濡れた雑巾で拭かねばならなかった。午後の大半は荷造りで過ごした。互いに鞄をひとつずつ機内持ちこみ用にするほかは、リオに直接航空便で送ることにした。

荷造りとパンフレットを見る合間に、ふたりでメイが気に入ることをした。緑の瞳に新たな光が宿っていた。メイがこちらを見あげているのに二度気がついた。まるで、なんらかの決断をくだそうとしながら、まだ心を決めかねているようだった。

二度目のとき、メイの顎を上向かせ、目をそらすまでにらみつけた。「どうしたんだ？　おれと結婚するのを後悔してるのか？」

メイはコケティッシュな子猫のように伸びをした。「馬鹿ね、フィル。あなたはわたしが知っているなかで一番すてきな人よ」

「リンク・モーガンと同じくらい？」

メイは舌で上唇を濡らした。「もっとよ。それに、あなたはわたしのことを愛してくれてるんでしょう、フィル」

「もちろんさ」

子猫はたちまち成長した。言葉はわたしの口のなかでくぐもった。「じゃあ、証明して。わたしを愛してるっていう証拠を見せて」

木曜日も同じようなものだった。

自分で宛名を書いた封筒が朝の郵便で届き、なかにフィリップ・トマスの出生証明書の写しがはいっていた。封筒をあけたとき、八ドルの小切手が落ちた。ジョージアで振り出されたもので、デカルブ郡の記録官のサインがあった。短いメモがついており、出生証明書の写しは二ドルであり、お役に立てて何よりですと書かれていた。

メイはウェスタン・ユニオン社の配達人を電話で呼び、弁護士事務所へ証明書を送った。正午頃にオハラの事務所から若い弁護士がやってきて、いくつかの書類にサインを求めた。パスポート用の写真は届いていると言い、パスポートは間に合うだろうから、ブラジル領事館からビザがおりればすぐ、おそらく金曜の朝にこちらへ届けるというオハラからの言づけを伝えた。

メイはオハラに任せるということを記すいくつかの法律上の書類——委任状のことだろう——を忘れていたので、それを取りに二階へあがった。メイとわたしはだれも、少なくともオハラを騙してはいなかった。若い弁護士はあからさまにおもしろがっていた。この男にしてみれば、わたしは卑しいクズ、ヒルの金と結婚しようとしている情夫だった。広い玄関広間にふたりでいると、弁護士は顔に薄ら笑いを浮かべてわたしに尋ねた。「三百万ドルのためにあれをやるのはどんな気持ちなんだ?」

ひっぱたいてその薄ら笑いを消そうかと思った。だがやらなかった。わたしがまちがっていた。こいつはただ行儀が悪いだけだ。オリヴァー通りのチンピラでも、これくらいのことは訊くだろう。何を言っているのかさっぱりわからない、とわたしは冷ややかに言うと、一杯やり、相手には勧めなかった。弁護士はやがて立ち去った。

ビザを受けたパスポートを、出発予定時刻までに必ず余裕を持って届けるというオハラの約束をあてにして、わたしは旅行会社のマネージャーに電話をかけると計画の変更を伝え、リオへ直接向かうルートを探してもらえないかと尋ねた。飛行距離が長くなるということは、手数料が多く手にはいることを意味する。マネージャーは折り返し電話させて欲しいと言った。六時ちょっと前に電話があり、パナマ運河地帯まで二、三のキャンセルが出たので、シカゴ空港がそこから先のリクエストを入れたということだった。航空券にはリオデジャネイロ行きと記載され、おそらく直接行けるだろうとマネージャーは言った。そのうえ、当初の計画を変える必要もなかった。予定どおりに経由地であるマイアミへ飛び、唯一のちがいはハバナを飛び越すことだけだった。

わたしはそれでけっこうだと答え、追加料金を払うことと午前中に新しいチケットを取りにいくことを約束した。

真夜中よりすこし前に、メイが広間でおやすみのキスをして、あすの朝会いましょうと言った。わたしはそれでかまわなかった。ベッドにはいるまでは。わたしは眠れぬまま天井に向かって煙を吐きながら、マイアミに向けて飛行機が飛び立つとき、自分はそれに乗っているだろうかと考えていた。

メイはあれからピティ・ホワイトとロイ・ベラスコのこ

とをいっさい口にしない。朝に連中が釈放されるとすれば、連中は騒ぎを起こそうとするかもしれないし、しないかもしれない。それにあのいまいましい写真。結婚許可証を申請する時間はいくらでもあるのに、よりにもよって若手テレビ女優と同じときを選んでしまうとは。

部屋のなかは暑かった。わたしは一番上のシーツを蹴りとばした。そのとき、そこに一本の赤い糸がついているとに気がついた。ひっぱってみると、名前が印刷されており、テープに印刷されたラベルであることがわかった。持ち主を識別するため、さまざまなものに縫いつけるたぐいのものだ。メイにシーツを洗濯屋に出しているのかと尋ねたとき、メイは出していない、アデルがコインランドリーに持っていくので、しるしがついているはずはないと言った。

わたしはテープに見入った。そこには赤い糸を使って優美な筆記体で文字が刺繍されていた——ミセス・ハリー・ヒル。もしマーティンを包んだシーツが死体の発見と結びつけられれば、やはりメイはドアをノックされるかもしれない。

〝さて、説明していただけますか、ミセス・ヒル。この血痕のついたシーツを最後に見たのはいつでしょう。われわれはこのシーツがあなたのものであることをつきとめましたが、これは岩の上で見つかったもので、そこから十五フィートも離れていない湖に、ジェイムズ・マーティンというリンク・モーガンと現金輸送車を襲った三人のうちのひとりと確認された男が捨てられていたんですよ。死体には十八ポンドの建築用ブロックがふたつ結びつけられており、それに使われていた四分の一インチのマニラロープもお宅のものであることがわかってるんです〟

わたしはベッドのそばに置いていたボトルを一気にあおった。

そんなことになる前に、屋敷が空っぽになり、おそらくは取り壊され、われわれはリオへ発っているか、あるいはもっと遠いところへ行っていれば——そう祈るほかなかった。

その酒でわたしは限界を超えた。その前にも飲んでいたのだ。わたしは意識を失った――ベッドに起きあがったまま、ヘッドボードにもたれて。それはウイスキーのためというよりも、精も根も尽き果てたせいだった。

わたしは口で息をしていた。口のなかが乾き、無理な姿勢のせいで首に痛みを覚えながら目を覚ました。すわったまま心臓の鼓動に耳を澄まし、パジャマの上着が動くのをながめながら、なんの音で目が覚めたのか思い出そうとした。

そのとき、また女が笑った。酔っぱらった、淫らな笑い声。顔から汗が吹き出し、胸に流れ落ちた。同じ笑い声を聞いたことがあった。あれはわたしがオリヴァー通りでさかりのついたガキだったころ、しばしば高級売春宿を訪れていたときのことだった。男はそれをせずにはいられなかったし、ちゃんとした娘はそんなことをしなかったからだ。

わたしはウイスキーをあおって口をしめらせるとドアをあけた。笑い声はもうしなかった。わたしは壁の両側に体をぶつけながら廊下を進んだ。アデルの部屋の前を通りがかったとき、ドアが開いた。アデルが身に着けていたのは、薄いナイトガウンだけだった。明るいベッドランプの光が透けて見えた。酔っていたにもかかわらず、わたしはその光景に目を奪われた。アデルの体は顔と同じぐらいきれいだった。裸に近い姿だというのに、アデルは恥じらうそぶりを見せなかった。

「どうしたの？」アデルは尋ねた。

「女の笑い声が聞こえた」

アデルの目がまっすぐこちらを見た。アデルはうなずいた。「わたしも聞いたわ」

「きみも？」

「ええ。でも板のあいだから大声で叫んだら、車が走り去っていったわ」

「どんな車だった」

アデルは辛抱強く答えた。「私道に停めて、なかでカップルがいちゃついてたわ。あのエンジンの音やわたしの大声が聞こえなかったなんて、よほど酔っぱらってたのね。あんなのはいつものことよ」

「あんなのとは?」

アデルは慎重に言葉を選びながら、ゆっくり、はっきりと話した。あたかもわたしが少々頭の悪い子供であるかのように。「いちゃつくカップルよ。この屋敷は人が住んでいないように見えるから、ホテルへ行くお金のない若い子たちが、しょっちゅう私道に車を停めて、この部屋の窓の真下でセックスするの」

「なるほど」

ほかに言うことはなさそうだった。わたしは目の焦点が合わなくなっていた。アデルは片手で髪をなでると、その手を頭の後ろにあて、もう片方の手を腰に添えた。アデルの瞳は、おもしろがっていたとしても、あからさまに誘っていた。

わたしは酔っていたにもかかわらず、これはわたしの節操を試すテストかもしれないと気づいた。アデルとメイがふたりで画策したとか、そういったものだ。わたしはまわれ右をして、来た道を引き返した。

「これであの笑い声の出所がわかったよ。おやすみ」

アデルのあざけるような声が後ろから聞こえた。「おやすみなさい、ミスター・トマス」

わたしは自分の部屋のドアを閉めて鍵をかけた。長いあいだベッドの上でしっかり丸くなり、体の震えをとめようとした。

17

車輪がまた延々とまわりつづけていた。これほどひどく酔っぱらったことはなかったが、それでも物は見えたし、歩くことも話すこともできたので、一見わたしはまともに見えた。だれもわたしが酔っていることに気づかなかった。メイは気づいていたかもしれないが。あの緑の瞳はしばしばわたしを値踏みしていた。

わたし、フィリップ・トマスは、汝、メイ・ヒルを……

正式な妻とする。ウェスト・マディソン街の救済院で、うつろな目をした浮浪者の一群の前で。

式自体はものの数分で終わった。ニールソンの小さな太鼓腹は、話すたびにその熱意のあまり小刻みに揺れた。

死がふたりを分かつまで……

永遠に。かつてマリアと約束したように。

それが終わると、わたしは身をかがめてメイにキスした。

「うれしいよ」

メイはわたしの頭の後ろに両手をまわした。「わたし幸せよ、フィル。とっても」

その激しさにわたしは息苦しくなった。息ができなかった。メイが手を離し、ニールソンから頬にキスを受けるために振り返るとほっとした。数人の男たちがのろのろと前に出ると、だらんとした手を差し出して祝いの言葉をつぶやいた。だが、連中はほとんどただながめていた。あまりにも心が枯れ果てているため、夢を見ることすらできないかのように。これほど気が滅入ったことはなかった。

救済院の奥の部屋はもっとひどかった。オレンジの花とすえた脂、煮立ったコーヒーと消毒液、汚い体と安ウィスキーのにおいがした。わたしはこみあげてくる吐き気を懸命に抑えてトイレに向かった。夢を見ているにちがいない。これはすべて悪夢の一部だ。こんなことが起こるはずがない。

救済院で最初の夜に出会った浮浪者が、わたしのコートの襟の折り返しをつかんだ。「よう、相棒」

「なんだ？」

その男のぼんやりとした視線がわたしの顔の上をさまよった。物乞いはうまくいったようだった。見るからに機嫌よく酔っぱらっていた。「あんた、デモインにいたことがあるだろ？」

「いや」

「ほんとか？」

たしかだとわたしは言った。

男はかぶりを振った。「そりゃ妙だな」

わたしは襟の折り返しから男の指を引きはがした。「なにが妙なんだ」

男はそっと打ち明けるように言った。「あんたはデモインで知り合いだったバーテンダーにそっくりだからさ。そりゃあ、くそいまいましいほどいかした野郎だったぜ」

ニールソンが言葉に気をつけなさいとその男に言った。

わたしはトイレに逃げこんでドアに鍵をかけた。心臓の鼓動が聞こえるようだった。息ができなかった。持っていた未開封の一パイントのウイスキーを飲み干すと、瓶の処分に困った。貯水タンクにはすでに空き瓶がぎっしりはいっており、銅のボールが上下するだけの余地しかなかった。わたしはポケットに空き瓶を入れて、クロロフィルガムを嚙んだ。こんな苦しい思いもあと四時間たらずだ。あと数時間、メイのものであれわたしのものであれ、過去につまずくことなくやりすごすことができれば、フォームラバー製の座席にすわって肩の力を抜ける。つぎの経由地はアトランタ。そのつぎはタンパ、マイアミ、それからさらに南へ。

わたしは幸運を祈って人差し指と中指を交差させ、念のために木の椅子を軽くたたいて災いを避けるまじないもした。

メイは食堂のテーブルのそばに立っていた。気味が悪いほど瞳が輝いていた。

「幸せ？　あなた」メイは尋ねた。

「天にも昇るくらいさ」

「うれしい」

わたしは緊張のあまりじっとしていられなかった。ほかにすることがないので煙草に火をつけた。「ここにいつまでいなくちゃならないんだ」

メイは舌で上唇をなぞった。わたしはこのときはじめて、メイの額にうっすら汗がにじんでいることに気がついた。救済院のなかはそれほど暑くなかった。メイもわたしと同じくらい緊張していた。「もうすぐよ」メイは言った。

「遅くとも八時半までにはここを出ましょう。家に寄って、鞄を取りにいくの」

「それから？」

「車で向かうわ。空港付近のどこかへ。あなたとわたしだけで。飛行機の時間までふたりきりで」

それはいい。「車はどうする」


「アデルが拾うわ。あの子にあげたの」

結局、八時半にならないうちに救済院を出た。ニールソンは歩道までついてきた。われわれ三人のうちで、この濡れた瞳をしたスウェーデン人が一番はっきりと自分の考えを口にすることができた。わたしはうらやましかった。ニールソンは真摯だった。メイとわたしの幸せを祈ってくれたとき、それは心からの言葉だった。

アデルは後部座席に乗りこんだ。わたしは助手席のドアをメイのためにあけた。メイは装いにミンクのマフを加えていた。わたしはからかった。「手が温かいのは心が冷たい証拠だ」

「馬鹿言わないで」メイはにこりともせずに言った。その声はこわばっていた。

わたしはニールソンと最後の握手を交わすと、車をまわりこんで運転席にすわった。

メイはとげとげしい声で言った。「運転できないほど飲んでないでしょうね」

わたしは横目でメイを見た。「なぜおれが飲んでると思うんだ」

「あなたのことはわかってるのよ」煙草の火をつけたとき、緑の瞳がライターの光を反射した。「そんなことどうでもいいけど。運転さえまともにできれば」

その言い草が気に入らなかった。ぶちのめしたかった。わたしは運転席のドアをあけた。「くそっ。これからそんな態度を取るつもりなら――」

メイが悔やむようにわたしの腕をつかんだ。その声は小さかった。「ごめんなさい、フィル。うるさく言ったり、意地の悪い態度を取るつもりはなかったの」メイは深く息を吸った。「ただ、早く飛行機に乗りたかったのよ」

その気持ちはわかった。わたしはドアを閉め、大きな車をゆっくりと東へ向かう車線に入れた。

後部座席でほのかに明かりが浮かび、アデルが煙草に火をつけていた。アデルはおもしろがっていた。「とにかく、これでもうあの臭い救済院に行かなくてすむわね」

わけがわからなかった。何もかも同じなのにちがっていた。車のなかの緊張が感じ取れた。メイは両手をマフに入れ、まっすぐ前を見て、唇を固く結んでいた。このときはじめて、メイが宝石箱を膝の上に載せていることに気づいた。

わたしはそれを指でたたいた。「これはどういうことだ」

メイは言った。「家に置いてくるのが怖かったの」

ふたたびだれも口を開かないまま、わたしは私道にはいって車を停め、そのまましばし板が打ちつけられた屋敷を見つめた。なぜか喉が痛んだ。口のなかが乾いた。早く飛行機に乗りたかった。

メイが胸いっぱいに息を吸いこんだ。胸を張って背筋を伸ばした。声は救済院の前にいたときよりもはるかに緊張しているようだった。「さあ、ここにすわっていてもはじまらないわ。なかにはいって鞄を取ってきましょう。もうあまり時間はないのよ」

アデルが車からおりた。わたしはボンネットをまわりこんでメイのためにドアをあけた。メイはアデルのあとについて石造りの階段をのぼった――ゆっくりと、まるでふくらはぎが痛むかのように。わたしはその後ろにつき、サンドイッチがはいっていた柳のバスケットを運んだ。

階段を途中までのぼったとき、ポーチの陰から大男が姿を現わした。「よう、かわい子ちゃん」男はアデルに言った。

わたしは思った。〝とんでもないときにボーイフレンドが訪ねてきてくれたもんだ〟そのとき、わたしは男の手に銃が握られていることに気づいた。アデルの口はまるで悲鳴をあげているようにひらいたものの、恐怖のあまり声が出なかった。

わたしはメイを押しのけて男とのあいだに割ってはいろうとしたが、背中に銃口を押しつけられたのがわかった。「強がって邪魔するんじゃねえよ」後ろの男が言った。「なかにはいるまでおとなしくしてろ。さあて、ドアをあけな、ミセス・ヒル」

メイは小さな顎を前に突きだし、ドアの鍵をあけて玄関広間にはいった。アデルはメイのすぐ後ろについていった。わたしはアデルの後ろにつき、その真後ろにふたりの男がいた。

大男がドアに鍵をかけてもたれかかった。「なぜそんなまじめくさった顔をしてるんだ、え?」男はアデルに尋ねた。「ピティに笑いかけるくらいのこともできねえのか?あれからずいぶんたってるっていうのに」

アデルはまだ悲鳴をあげようとしていた。

わたしは言った。「おい、いいか。もし強盗なら――」そのとき、大男が言ったことにはたと気づいた。〝ピティに笑いかけるくらいのこともできねえのか?〟

広間の床がわずかに傾いた。屋敷はいつものように暑すぎた。こんなに酔っていなければと悔やんだ。そうだ。ピティ・ホワイトとロイ・ベラスコ。メイは正しかった。メイには恐れる理由があった。そしてわれわれは愚かにも、連中の手の真っ只中に飛びこんだのだ。

わたしは喉にせりあがってくる塊を飲みくだそうとした。

「なあ、きみたち――」

ベラスコが銃でわたしを殴った。「うるせえ。てめえはあとで相手をしてやるよ、たっぷりとな」小さな目をメイに向け、女の声を真似ながら、マーティンが言ったことを繰り返した。「お金は一度も見てません。リンクが持っていったんです」声がまた低くなった。「たしかです。あんたは地方検事にそう言ったよな」

わたしは顔の血をぬぐった。痛みで頭がはっきりした。これほど酔いが醒めたことはなかった。

ベラスコがわたしを見た。「そしててめえはもうすこしでまんまと持ち逃げするところだった。このくそったれめ。どこかのアマからたれこみの電話がなけりゃな。メイ・ヒルが結婚しようとしている男は一見の価値があるかもしれませんよ、と言いやがった。ちょっとばかり体重が減ったみたいだな、え？」

そのときになってもわたしはわけがわからなかった。わたしはメイを見た。メイの唇は震え、いまにも泣き出しそうだった。広間の鏡の両脇の壁にかかった、枝付き燭台の黄色い明かりに照らされたメイは、小さくて華奢で愛らしい、ミンクに身を包んだ生きたブロンド人形のようだった。

メイの左手がかすかに絶望のしぐさをするように震えた。

「信じて、ロイ。わたしは――」メイがそう言いながら手をあげると、宝石箱が床に落ち、その拍子に蓋がぱっくりあいて、ダイヤモンドがまるで小さな固い雹《ひょう》のように床一面に散らばった。

ベラスコは思わず目を落とした。「すげえ」と感嘆するように言った。

ホワイトは笑った。身をかがめて指輪を拾いあげようとしたとき、ふいに動きをとめてバランスを崩し、その背中がこわばった。「よせ、メイ」ホワイトは鋭く言った。

わたしはホワイトからメイに視線を移した。ミンクのマフが宝石箱のそばに落ちていた。そこに隠されていたオートマチックが、メイの手に握られていた。メイは無表情で引き金を引いた。一見自分の意志ではなく、まるで殺虫スプレーを使っているかのように。

四発の銃声ののち訪れた沈黙に、耳が痛くなった。

アデルは悲鳴をあげようとするのをやめて泣きだした。

メイは緑の瞳をわたしに向けた。丸く、まばたきをしない、瞼がないように見えるその瞳は、蛇のそれにそっくりだった。「怖くないの？」メイは尋ねた。

わたしはかぶりを振った。「あまり」

なぜか怖くはなかった。感じていたのは安堵だけだった。これでようやくわかった。メイがなぜわたしを救済院から選んだのか、なぜわたしに二千ドルの服を買ったのか。そう、それを言うなら、なぜわたしと寝たのかも。なぜマーティンがわたしを悪党と考えたのか、なぜベラスコはわたしに体重が減ったんじゃないかと尋ねたのかもわかった。足音は想像ではなかった。あれがだれのものだったのかわかった。メイの目のまわりに痣を作ったのはだれだったのか、そしてその理由もわかった。あの笑い声がだれのものだったのかも。

自分が利口すぎて滑稽だった。

メイは舌で上唇をなぞった。その声はまた小さくなった。「飛行機に乗れないことはわかってるのね」

「ああ」

メイはそっと熱っぽい声でささやいた。「乗れないこともないわよ」

わたしはすでに逃げられるところまで逃げ、堕ちるところまで堕ちていた。いずれ起きるはずのことだった。わたしのなかにまだいくらか残っていた善良な部分が、あるべき場所についた。わたしは心を決めた。マリアのことを考えれば、その決断はわけもなかった。わたしはドラムに二十五セントを投げた。「きみにとってどちらも同じことならお断わりだ」

メイの目は依然として丸く、まばたきをしなかった。

「出てきていいわよ、リンク」

これほどそっくりな男はふたりといなかっただろう。厳密に生き写しというわけではなかった。けれどモーガンとわたしは互いに偽物として通っただろう。リンク・モーガンを見るのは、すこしゆがんだ鏡を見るようなものだった。モーガンの写真に見覚えがあったのも無理はない。この年月のうちに、モーガンの脂肪は落ちていた。わたしとモーガンは身長も体重もほとんど同じだった。モーガンの髪はわたしと同じくらい黒く、白髪がかなり混じっていた。瞳の色はふたりとも青だった。全体的な顔の特徴も同じだった。どちらもうっすらと口ひげを生やしていた。

「よう、相棒」モーガンは冷ややかに言った。

モーガンはメイの目を通してわたしを一週間観察していた。話しながら顔を手でさわった。まるでひげを剃る必要があるかどうか考えているように。むきになったときは左の手のひらに右のこぶしを打ちつけるにちがいない。メイはいいコーチだった。この大男はもはやリンク・モーガンではなかった。マーク・ハリス、あるいは本人がそう思っているように、フィリップ・トマスだった。

わたしも冷ややかに答えた。「やあ、モーガン」

「おまえにとってはトマスだ」モーガンは言った。「おまえを探すのにメイはえらく時間がかかったぜ。おれはそのあいだずっと我慢しなきゃならなかった。だがな、このいまいましい家から出られるなら、それだけの価値はあったってもんだ」

アデルは泣きやみ、敷物の上のふたつの死体を見ていた。機嫌の悪そうな目つきだった。「片づけたほうがいいわよ。あたしはやらないからね。それに急がないと飛行機に乗り遅れるわよ」

モーガンはベラスコを小型の敷物でくるみ、人の形をした丸太か何かのように肩に載せた。「すぐに片づけてくる」わたしに冷ややかな笑みを向けた。「ジミー・マーティンを始末してくれてありがとうよ。だが、ひとつだけたしかなことがある。おれはこいつらといっしょに泳ぐつもりはないぜ」

アデルはモーガンの前に立って廊下を歩いた。「地下室のドアをあけてあげるわ」

わたしはメイに視線を向けた。メイは銃を構えたまま、その銃口を自分が買い与えた三百ドルのオーバーコートのベルトに向けていた。胸が呼吸に合わせて上下した。瞳には欲望の色が浮かんでいた。この女は自分がやらねばならなかったことを気に入ったのだ。もう一度やりたがっていた。それは未知の感覚だった。

「それで、これからどうなるんだ」わたしは尋ねた。

「いまにわかるわ」メイは請け合った。「すぐにね」

18

あれから四カ月が過ぎた。わたしはいまも待ち続けている。メイはまだ話そうとしない。何を話すつもりかはわかっているが、それがいつなのかはわからない。今夜かもしれないし、あすかもしれない。そのあいだにわたしは、メイの机でこれを書いている。鏡張りの壁がある、売春宿の寝室で。

メイの裸足は音を立てないだろう。いつか目をあげると、メイがそばに立っているかもしれない。裸で、わたしが差し出せるものに飽き飽きして、緑の瞳に欲望の色を浮かべ、右手に銃を持ち、張りのある白い胸を期待にふくらませて。

メイはそれなりにモーガンを愛していたのだろう。しかし、わたしとのあいだにあるのは肉欲だけだ。モーガンとのあいだには、少なくとも罪の意識と長いつきあいによる固い絆があった。

わたしはここを出ることもできない。寝室のドアはつねに錠がかけられている――メイとアデルだけが知っているダイヤル錠が。うまくやれば、どうにかして力ずくで出ることはできるかもしれない――だが、わたしのなかの何かも閉じこめられていた――永久に。すでに逃げられるところまで逃げた男が、いったいどこへ行けるというのか。マーク・ハリスもフィル・トマスも死んだ。残っているのは打ちのめされた男の抜け殻だけだ。それに、もう二十五セントをドラムに投げてしまったので、どんな罰の形も魂が焼かれる痛みに変わりはない。

捜査はおこなわれなかった。その必要はなかった。あの銃声を聞いた者はいなかった。航空会社は――では、トマス夫妻は気が変わったというわけか。それで？

屋敷はむろん不動産市場から引きあげていた。窓にはまだ板が打ちつけられている。床板はまだ軋む。風はまだ軒先でうなる。玄関の呼び鈴や電話が鳴ることはない。おそらく、われわれの平和をおびやかす者は春まで現われないだろう。マーティンの死体が水面に現われ、二人組の優秀な殺人課の刑事がこの屋敷の玄関を壊し、シーツとマーティンのふくれあがった死体を比べるまでは。

もしわたしがまだここにいれば、階段をおりて――おそらく――連中に会うだろう。緑の瞳のブロンド女とわたしは逮捕されるだろう。事件の全貌は明らかになるかもしれないし、ならないかもしれない。刑事たちは地下の金属製容器のなかの灰を詳しく調べるかもしれないし、調べないかもしれない。わたしはマーティン殺害の容疑で裁判を受けねばならないかもしれない。指紋からわたしの身元が割れたとたん、カリフォルニアが引き渡しを要求するかもしれない。もしかしたら――だが、そんなことはどうでもいい。

とはいうものの、ある意味において、モーガンとメイは哀れだ。連中の思いつきはなかなかのものだった。それに、多くの時間を無駄にした。メイは二年間というもの、週に三日、救済院で浮浪者を選別して、ようやくわたしに出会った。連中がわたしを殺すつもりだったことはどうでもいい。わたしはいまも哀れに思っている。

十年は長い。板が打ちつけられた屋敷に閉じこめられているには。どれほど豪華でも、とりわけメイの金があったとしても。金といえば、メイはまだ持っている——ヒルが残した金を。ヒルの金に比べれば、リンクが盗んだ金などはした金にすぎない。だが、返す術はなかった。そんなことをしたとしても、なんの役にも立たなかっただろう。モーガンは殺人罪で指名手配されていたのだから。

そして、連中は世界中の男のなかからわたしを選んだ。よりにもよって、モーガンに最も似ていたのがわたしだった。

いまも、地下室から戻ってきたときのモーガンの上気した顔が目に浮かぶ。やるべきことを終え、この十年間ではじめて完全に自由の身となり、新しい名前を手に入れ、やり残したことはなかった。モーガンがわたしのオーバーコートを脱がせて、航空会社の封筒のなかにリオ行きのチケットがあることを確認していたちょうどそのとき、玄関の呼び鈴が鳴った。

一瞬、モーガンとメイはパニックを起こした。それからメイはわたしに階上へ行けと命令した。この売春宿の寝室に。恐怖と落胆のあまりモーガンが青ざめていると、呼び鈴は何度も鳴った。

メイの小さな顔は言葉にできないほど醜くゆがみ、モーガンを腰抜けと罵った。「だれも知らないのよ。知るわけないじゃない」モーガンを安心させるように言った。「わたしの弁護士事務所がだれかを寄こしたにちがいないわ。それとも不動産会社かもしれない」メイはアデルにうなずいた。「見てらっしゃい」

アデルは笑いながら戻ってくると、さげすむようにわたしを見た。「男がふたりだけよ。アトランタのミスター・トマスの知り合いなんですって。新聞で写真を見て、ちょうど近くに来ていたから、きれいなお嬢さんとの結婚のお祝いを言うために、ちょっと立ち寄ったそうよ」

メイはアデルよりずっとおもしろがった。「そう」

モーガンはオーバーコートをベッドに投げ、鏡張りの壁の前で身振りの練習をした。顔を手でさわり、こぶしを手のひらに軽く打ちつけた。「さっさと追い返してこよう。飛行機に乗らなきゃならない、いますぐリオに発つつもりだからと言ってな。そうすりゃ、厄介なことを訊かれずにすむ」

メイが意味ありげにわたしを見た。

モーガンはかぶりを振った。「よせ。あいつらを追っ払うまで待つんだ。いくつか訊かなきゃならないことがあるかもしれない」モーガンは寝室の戸口で振り返ってアデルを見た。「アトランタからの紳士たちは名前を言わなかったんだな?」

アデルはかぶりを振った。「ええ、言わなかったわ。でもひとりはイタリア人っぽくって、もうひとりがそいつのことをキャスって呼んでたわね」

「ファースト・ネームかラスト・ネームのどっちだ」

「ファースト・ネームみたいだったわ」

「わかった」モーガンは言った。

そしてやつは出ていった。

解説

ミステリ評論家
吉野　仁

フランスが誇る二枚目スター、アラン・ドロンの人気を決定づけた出世作といえば、当然、名匠ルネ・クレマン監督作品《太陽がいっぱい》（原題 *Plein soleil* 一九六〇年）である。原作はパトリシア・ハイスミス。日本でも大ヒットしたサスペンス映画であり、のちにアンソニー・ミンゲラ監督、マット・デイモン主演で《リプリー》と題してリメイクされたことで知られる。

この《太陽がいっぱい》の大成功にあやかったのか、その後、邦題の頭に〝太陽〟という言葉のついたドロン主演作品が二作ほど公開されている。《太陽はひとりぼっち》（原題は *L'Eclipse*）と《太陽が知っている》（原題は *La Piscine*）である。

そして、一九六四年に初公開された *Les Félins* もまた、《太陽がいっぱい》と同じルネ・クレマン監督、アラン・ドロン主演コンビによるサスペンス劇ということで、続篇ではないのにもかかわらず、《危険がいっぱい》という邦題がつけられた。オリジナル題名を直訳すると「ネコ科の動物たち」。一方、アメリカ公開におけるタイトルは、*Joy House* で、これはもとになった原作の題名である。

いささか、まわりくどい説明になってしまったが、本書『危険がいっぱい』は、アメリカの作家デイ・キーンが、一九五四年に発表した*Joy House*の邦訳だ。原書はペイパーバックのシリーズ〈ライオン・ブック〉の一冊として刊行された。〈ライオン・ブック〉といえば、ジム・トンプスン、デイヴィッド・グーディスなどが書き手として加わっていた叢書である。フランスでは、第一次大戦後に登場したアメリカの犯罪／ハードボイルド小説が、第二次大戦前から現代まで、絶大な人気を誇っているが、キーンの作品も、有名な〈セリ・ノワール〉に本作を含め三十作以上収録されている。

日本では、これまで《日本版EQMM》《ミステリマガジン》《ハードボイルド・ミステリ・マガジン》などのミステリ誌に何作か中短篇が掲載されている。長篇の紹介は、『偽りの楽園』（講談社　原題*L.A.64*）とレオナルド・プラインとの共作『狂ったエデン』（立風書房　原題*World without Women*）の二作のみ。しかも前者は、ロサンジェルスの高級マンション〈太陽館《カサ・デル・ソル》〉を舞台に、そこに暮らす住人たちの、いささか異常な性愛と人生の影の部分を描いた風俗小説であり、後者は、奇病の流行により世界中の女性がほとんど死んでしまったあとの社会をめぐるSF小説である。

すなわち『危険がいっぱい』は、日本にはじめて紹介される、デイ・キーンのミステリ作品なのだ。

マーク・ハリスは、もともと天才青年と呼ばれた弁護士だった。ところがある事件を起こしたことから逃亡をはかり、シカゴの救済院へ転がり込んだ。そこで資産家の未亡人メイ・ヒルの目にとまり、彼女の運転手として雇われることになる。そればかりか、古い屋敷に住み込んでいくうち、やがてメイ・ヒルと親密な関係になっていく……。

あらすじだけをざっと記すと、逃亡中だったハンサムな犯罪者が、若くして未亡人となった女と恋仲になり、ともに古い家から逃げ出そうとする物語のように見える。だが、主人公のマーク、ヒロインのメイは、それぞれに大きな秘密を抱えており、予想もしない展開になっていく。さらにミステリとしての意外で皮肉な結末が待ち受けている。いかにもこの時代の犯罪小説らしい語り口と味わいをもつ小説である。

ここで、ルネ・クレマン監督による映画化作品についても触れておこう。原作と大きく異なるのは、主人公と未亡人のカップルに加え、彼女のいとこが屋敷に住んでいるという設定だ。映画では、マルク（マーク）役のアラン・ドロンに対して、いとこのメリンダを演じたのがジェーン・フォンダ。若きフォンダがヒロインとして、セクシーな肢体をさらしている。そのほか、随所にみられるコミカルな演出をはじめ、ある種のフランス犯罪映画らしい雰囲気にあふれている。

なにより、原作とは違ったひとひねりによる、戦慄の結末が鮮やかだ。見終えた後も深く印象に残る。先に書いたように、あたかも《太陽がいっぱい》の続篇であるような印象を与える邦題だが、たしかに《危険がいっぱい》は、かの名画のラストシーンを思い起こすようなプロットに書き換えられているのだ。すでにDVD化されているので、未見で興味のある方は、できれば本作を読み終えたあと、ご覧になっていただきたい。

ちなみに、映画の脚本には、監督のルネ・クレマン、パスカル・ジャルダンとともに、アメリカ人作家チャールズ・ウィリアムズが名を連ねている。チャールズ・ウィリアムズもまたデイ・キーン同様、五〇年代から六〇年代にかけて活躍したペイパーバック作家であり、邦訳には、フランソワ・トリュフォー監督による映画《日曜日が待ち遠しい！》の原作『土曜を逃げろ』やニコール・キッドマン主演でテレビ放映／ビデオ発売された《デッド・カーム／戦慄の航海》の原作『絶海の訪問者』、そして海洋冒険小説『スコーピオン暗礁』の三作がある。

作者デイ・キーンは、一九〇四年にシカゴで生まれた。もともとラジオのソープ・オペラ（連続ドラマ）を手がけていたり、《ダイム・ディテクティヴ》《ディテクティヴ・テールズ》《ブラック・マスク》といったパルプ雑誌に短篇を掲載していったのち、一九四〇年代末からオリジナル長篇のミステリを発表していった。最初の長篇こそハードカヴァーだったが、のちに、〈ライオン・ブック〉をはじめ〈フォーセット・ゴールドメダル〉〈グラフィック〉〈エース〉といった主なペイパーバック・オリジナルのシリーズで多くの著作を残した。

キーン作品の大きな特徴は、犯罪サスペンスのなかに、登場人物たちの異常な性愛や性的な欲望を前面に押し出したものが多いことである。当然、時代が時代なので、あからさまなセックス描写をしているわけではない。異常性愛（サディズム、近親相姦、乱交、幼児性愛など）といっても、今日の読者にとっては、すでにさまざまな小説や映画の題材として目に触れてきたものだろう。だが、まだ戦後間もない五〇年代前半のアメリカでは、それなりにセンセーショナルだったはずである。

もちろん、魅惑的な女の登場ばかりか、いわゆる〝お色気〟シーンが必ず作品のなかにちりばめられているのは、キーン作品にかぎらず、当時のペイパーバック小説の多くにいえることだ。表紙に描かれたグラマーな美女とともに、それが大きな売りになっていた。また、犯罪者だったりギャンブラーだったりアル中だったり文無しだったりするなど、弱点や負の部分を抱えた男が、妖艶なヒロインの誘惑にあらがえず、深みへとはまっていく物語も、多くの作家が得意とするパターンだった。犯罪をめぐるサスペンスや犯罪者の心理を追うスリルとともに、恋とセックスのゆくえをたどる興奮がページをめくらせるのだ。本作でも、未亡人が体を主人公の背中に押しつけたり、舌で上唇を濡らしたりと、思わせぶりに誘いをかける場面は多い。

一方、筆がはやく多産家のペイパーバックライターならではの特徴なのか、キーンの小説には、やや冗長というか、もってまわった語りのシーンも少なくはない。何度も話題に出たことを反復したり、いまいちど確認したりするだけで、大した出来事が起こらないままの章もある。本作でも、ここ何週間もの記憶が定かでないなど、冒頭から主人公のおかれている状況が曖昧だったり、大切な部分をぼやかしているような筆致が目立つ。

だが、最後まで読むと、単に官能と愛欲のサスペンスを描いた犯罪小説に終わっておらず、思わせぶりだったり、話を繰り返したりする部分も含め、その一連の話の緩急こそが、デイ・キーンならではのミステリを生み出していることが分かる。

これまで何度も述べたように、キーンは一九五〇年代に活躍したペイパーバック作家のひとりだった。当時、多くのポケット判叢書が生まれ、百万部のベストセラーも珍しくはなかったが、やがて多くの書き手は、時代とともに悪戦苦闘し続けることになった。たとえば六〇年代に入るとスパイ小説が全盛となり、それまで私立探偵シリーズを書いていた書き手までがジェイムズ・ボンドばりのスパイものに手を染めるようになっていく。なかでも、単発の犯罪ものばかりをてがけ、とくに人気のヒーロー・シリーズをもたなかった作家には、ことさら厳しい状況が待ち受けていた。版元が要求するのは売れる作品だ。次第にシーンから消えていく作家が増えていった。

どうやらデイ・キーンも同じような壁にぶちあたったらしい。

雑誌《マンハント》のコラム「ポケットの中の本棚」では、しばしばキーンの作品が紹介されていたが、一九六三年四月号では、「デイ・キーンの転向」と題して、青木秀夫氏が触れている。五〇年代の熱狂的なミステリ・ブームが過ぎて、何人かの作家が他のジャンルに移行しはじめた。デイ・キーンもまた *Seed of Doubt*（1961）という人工授精を問題にし、現代アメリカ社会の異常な断面を描いた普通小説を発表したのである。これまで邦訳された二作、『偽りの楽園』（一九六四）と『狂ったエデン』（一九六〇）は、いずれも〝転向〟後の小説だった。青木氏は次のように指摘している。

「もともとデイ・キーンのミステリィは変わっていました。彼の作品にはいつも、一種異様なセックスが大きな位置を占めていました。

ゴールド・メダルから出た『サモア海路 *Passage to Samoa*（57）』では、近親相姦が扱われていましたし、どの作品にもかなり陰湿なセックスが入りこんでいます。

彼のそういったセックスに対する執念は異常なほど強く、いささかアクが強すぎるきらいもあり、そのためミステリィとしては弱くなってしまう結果ともなりました。

それにデイ・キーンも気づいたのでしょう。ゴールド・メダルから出した『女のいない世界 *World without Women*』（注：『狂ったエデン』）あたりから、ミステリィを脱皮しはじめました。そしてデルから出た『シヨートカー *Chautauqua*（61）』で完全にミステリィを脱し、続いて本書『疑惑の種子』（注：*Seed of Doubt*）で、かなり注目の的となる小説を発表したわけです。」

六〇年代といえば、ちょうどピル解禁、女性解放運動、ウーマンリブといった、いわゆる〝セックス革命〟が次々と巻き起こっていった時代である。キーンの〝転向〟の背景には、そんなアメリカ社会の大きな流れも関係していたに違いない。

犯罪／ミステリ作家としての、ディ・キーンの評価では、*Twentieth-Century Crime and Mystery Writers* のなかで作家ビル・プロンジーニが、ペイパーバック・オリジナルのうち *Home Is the Sailor*（1952）と *Murder on the Side*（1956）の二作を注目すべき作品であると挙げ、さらにハードバックで刊行された最初の長篇、*Framed in Guilt*（1949）が、おそらく彼の最高の犯罪小説である、と記している。また、そのプロンジーニと妻の作家マーシャ・マラーが共編者となり、古今東西の犯罪小説／ミステリ名作一〇〇一作を選んだガイドブック 1001 Midnights（1986）のなかで取りあげられているのは、*Notorious*（1954）、*Who Has Wilma Lathrop?*（1955）という〈フォーセット・ゴールドメダル〉から出た二作だ。

いずれも問題を抱える男が、謎めいた過去をもつ――官能的で悩ましい女と出会い、いつしか破滅の罠へとはまっていく物語のようだ。

蛇足ながら、〈ライオン・ブック〉から刊行された *Sleep with the Devil*（1954）は、マイケル・J・マコーリーによるジム・トンプスンの評伝と同じタイトルだが、じつはジム・トンプスン『おれの中の殺し屋』は、当初、*Sleep with the Devil* という仮タイトルだったらしい。

また、二〇〇五年に刊行された『ジム・トンプスン最強読本』（扶桑社）のなかの小鷹信光氏による「五〇年代ペイパーバック・オリジナル小説と私」で、この作品に触れており、興味深い。ディ・キーンをはじめこの時代の作家と作品に関心のある方は、必読である。


六〇年代末まで小説を書き続けたディ・キーンは、一九六九年に他界した。その後、映画化されるなど、とくに話題にのぼることもなかったようだ。しかし、二〇〇五年の三月、代表作のひとつである、*Home Is the Sailor* が、アメリカで新たに創刊されたペイパーバックのシリーズ〈ハード・ケース・クライム〉（新旧のクライム・ノヴェルをそろえた注目の叢書。新作ではドメニック・スタンズベリーの *The Confession* が二〇〇四年のアメリカ探偵作家クラブMWA賞の最優秀ペイパーバック賞に輝いたほか、かのスティーヴン・キングがわざわざ本シリーズのために二〇〇五年秋に書き下ろし作を発表予定。詳しくは、http://www.hardcasecrime.com を参照のこと）から再刊された。裏表紙には、ジェイムズ・M・ケインやジム・トンプスンが得意として描いた「情熱と妄執の物語」とある。

デイ・キーンは、奇しくも二〇〇五年になって、日米でリバイバルした。できることならば、ぜひとも、もう何作かミステリ／犯罪小説の代表作を読んでみたいものだ。

HAYAKAWA POCKET MYSTERY BOOKS No. 1772

松《まつ》本《もと》依《より》子《こ》

1967年生まれ
英米文学翻訳家
訳書
『青と赤の死』レベッカ・パウエル
（早川書房刊）

この本の型は，縦18.4センチ，横10.6センチのポケット・ブック判です．

検印
廃止

〔危険《きけん》がいっぱい〕

2005年7月10日印刷　2005年7月15日発行

著者　ディ・キーン
訳者　松本依子
発行者　早川浩
印刷所　信毎書籍印刷株式会社
表紙印刷　大平舎美術印刷
製本所　株式会社川島製本所

発行所　株式会社　早川書房
東京都千代田区神田多町2ノ2
電話　03-3252-3111（大代表）
振替　00160-3-47799
http://www.hayakawa-online.co.jp

〔乱丁・落丁本は小社制作部宛お送り下さい
送料小社負担にてお取りかえいたします〕

ISBN4-15-001772-7 C0297
Printed and bound in Japan

ハヤカワ・ミステリ〈話題作〉

1733 孤独な場所で

ドロシイ・B・ヒューズ
吉野美恵子訳

〈ポケミス名画座〉連続殺人鬼となった帰還兵のディックス。次に目をつけた獲物は……ハンフリー・ボガート製作・主演映画の原作

1734 カッティング・ルーム

ルイーズ・ウェルシュ
大槻寿美枝訳

〈英国推理作家協会賞受賞〉競売人のリルケが発見した写真には、拷問され殺される修道女が。写真に魅せられたリルケは真実を追う

1735 狼は天使の匂い

D・グーディス
真崎義博訳

〈ポケミス名画座〉逃亡中の青年は偶然の出来事からプロ犯罪者の仲間に……ルネ・クレマン監督が映画化した、伝説のノワール小説

1736 心地よい眺め

ルース・レンデル
茅　律子訳

愛なく育った男と、母を殺された女。二人の若者が出会ったとき、新たな悲劇の幕が……ブラックな結末が待つ、最高のサスペンス！

1737 被害者のV

ローレンス・トリート
常田景子訳

ひき逃げ事件を捜査中の刑事ミッチ・テイラーが発見した他殺死体の秘密とは？　刑事たちの姿をリアルに描く、世界最初の警察小説

ハヤカワ・ミステリ〈話題作〉

1738 死者との対話 レジナルド・ヒル 秋津知子訳

〈ダルジール警視シリーズ〉 短篇小説コンテストに寄せられた、殺人現場を描いた風変りな作品。そして、現実にその通りの事件が！

1739 らせん階段 エセル・リナ・ホワイト 山本俊子訳

〈ポケミス名画座〉 孤立した屋敷で働く若い家政婦に迫る連続殺人鬼の影。三度にわたって映画化されたゴシック・サスペンスの傑作

1740 007／赤い刺青の男 レイモンド・ベンスン 小林浩子訳

JAL機内で西ナイル熱に酷似した症状の女性が急死した。細菌テロか？ 緊急サミット開催の日本へジェイムズ・ボンドが急行する

1741 殺人犯はわが子なり レックス・スタウト 大沢みなみ訳

11年前に失踪した息子を見つけてほしい――老資産家の依頼を受けたネロ・ウルフだが、捜し当てた息子は、殺人容疑で公判中だった

1742 でぶのオリーの原稿 エド・マクベイン 山本 博訳

〈87分署シリーズ〉 市長選の有力候補者が狙撃された。全市を揺るがす重大事件を担当するオリー刑事だが、彼の関心は別のところに

ハヤカワ・ミステリ〈話題作〉

1743 刑事マディガン　リチャード・ドハティー　真崎義博訳

〈ポケミス名画座〉紛失した拳銃を必死に追う鬼刑事と、苦悩する市警本部長――ドン・シーゲル監督が映画化した白熱の警察ドラマ

1744 観月の宴　R・V・ヒューリック　和爾桃子訳

中秋節の宴席で若い舞妓が無残に殺された。友人に請われて事件を調査するディー判事ははるか昔にさかのぼる因縁を掘り当てる……

1745 男の争い　A・ル・ブルトン　野口雄司訳

〈ポケミス名画座〉血で血を洗う宝石争奪戦の行方は……パリ暗黒街を活写しJ・ダッシン監督で映画化されたノワールの古典的名作

1746 探偵家族／冬の事件簿　M・Z・リューイン　田口俊樹訳

謎のホームレス集団、美女ポケベル脅迫、そして発掘された白骨などなど……親子三代で探偵業を営むルンギ一家のユーモラスな活躍

1747 白い恐怖　F・ビーディング　山本俊子訳

〈ポケミス名画座〉人里離れた精神病院に着任した若き女医。だが次々に怪事件が！　巨匠ヒッチコック監督が映画化したサスペンス

ハヤカワ・ミステリ〈話題作〉

1748
貧者の晩餐会
イアン・ランキン
延原泰子・他訳

リーバス警部もの七篇、CWA賞受賞作、ローリング・ストーンズの軌跡を小説化した「グリマー」など、二十一篇を収録した短篇集

1749
リジー・ボーデン事件
ベロック・ローンズ
仁賀克雄訳

俗謡として今なお語り継がれる伝説的事件の不可解な動機と隠された心理を〝推理〟によって再構築した、『下宿人』の著者の代表作

1750
セメントの女
M・アルバート
横山啓明訳

〈ポケミス名画座〉沈没船探しで見つけたのは、ブロンド美人の死体……知る人ぞ知る、マイアミの遊び人探偵トニー・ローム登場！

1751
ピアニストを撃て
D・グーディス
真崎義博訳

〈ポケミス名画座〉過去を隠し、場末の酒場でピアノを弾く男は、再び暴力の世界へ……F・トリュフォー監督映画化の名作ノワール

1752
紅楼の悪夢
R・V・ヒューリック
和爾桃子訳

大歓楽地・楽園島を訪れたディー判事。確保した宿は、変死事件のあった不吉な部屋だった。過去からの深い因縁を名推理が暴き出す

ハヤカワ・ミステリ〈話題作〉

1753
殺しの接吻
W・ゴールドマン
酒井武志訳
〈ポケミス名画座〉死体の額に口紅でキスマークを残す連続絞殺魔を孤独な刑事が追う。マニアが唸ったサイコ・スリラー映画の原作

1754
探偵学入門
M・Z・リューイン
田口俊樹・他訳
探偵家族のルンギ一家、パウダー警部補、のら犬ローヴァー、アメリカ合衆国副大統領らが探偵役で登場する全21篇を収録した傑作集

1755
ドクトル・マブゼ
ノルベルト・ジャック
平井吉夫訳
〈ポケミス名画座〉混乱のドイツに忽然と現われた謎の犯罪王。フリッツ・ラング監督映画化。映画史に残る傑作犯罪映画の幻の原作

1756
暗い広場の上で
H・ウォルポール
澄木　柚訳
江戸川乱歩が絶讃した傑作短篇「銀の仮面」の著者が、善と悪、理想と現実、正気と狂気の間で揺れる人間を描いたサスペンスの名品

1757
怪人フー・マンチュー
サックス・ローマー
嵯峨静江訳
〈ポケミス名画座〉東洋の悪魔、欧州に上陸す！　天才犯罪者と好漢ネイランド・スミスの死闘が始まる！　20世紀大衆娯楽の金字塔

ハヤカワ・ミステリ〈話題作〉

1758 007／ファクト・オブ・デス　レイモンド・ベンスン　小林浩子訳

世界各地で発生する怪死事件と、キプロスに連続する化学兵器テロを結ぶ糸は？　事件の黒幕を追うボンドの行く手に、死の罠が待つ

1759 赤い霧　ポール・アルテ　平岡　敦訳

〈冒険小説大賞受賞〉一九世紀末、十年前に英国の田舎町で起きた密室殺人と、その真相は、驚くべき大事件へと結びついていった！

1760 青と赤の死　レベッカ・パウエル　松本依子訳

〈アメリカ探偵作家クラブ賞受賞〉市民戦争の傷痕残るマドリード。小さな殺人事件が、人々の人生を狂わせる。歴史ミステリの傑作

1761 死の笑話集　レジナルド・ヒル　松下祥子訳

〈ダルジール警視シリーズ〉いまだ残る殺人鬼ワードマンの影。だが、事件は次々と発生する。前作『死者との対話』に続く犯罪絵巻

1762 夢の破片《かけら》　モーラ・ジョス　猪俣美江子訳

〈英国推理作家協会賞受賞〉家族を求め奇妙な共同生活を始める三人の男女。だが徐々に破局が迫る。高く評価された秀作サスペンス

ハヤカワ・ミステリ〈話題作〉

1763 五色の雲 R・V・ヒューリック 和爾桃子訳

ディー判事の赴くところ事件あり。中国各地を知事として歴任しつつ解決する、八つの難事件。古今無双の名探偵の活躍を描く傑作集

1764 歌姫 エド・マクベイン 山本 博訳

〈87分署シリーズ〉新人歌手が、自らのデビュー・イヴェントの最中に誘拐された。大胆不敵な犯人と精鋭たちの、手に汗握る頭脳戦

1765 最後の一壜 スタンリイ・エリン 仁賀克雄・他訳

〈スタンリイ・エリン短篇集〉人間性の根源に潜む悪意を非情に描き出す、傑作の数々を収録。短篇の名手が贈る、粒よりの十五篇!

1766 殺人展示室 P・D・ジェイムズ 青木久惠訳

〈ダルグリッシュ警視シリーズ〉私設博物館の相続をめぐる争いの最中に起きた殺人は実在の犯罪に酷似していた。注目の本格最新作

1767 編集者を殺せ レックス・スタウト 矢沢聖子訳

女性編集者は、原稿採用を断わった夜に事故死した。その真相を探るウルフの眼前で、さらなる殺人が! シリーズ中でも屈指の名作